AF489259

JULIA Y LA TEORÍA DE LOS COMETAS

JULIA Y LA TEORÍA DE LOS COMETAS

Eva Mayro

Título: Julia y la teoría de los cometas / Cosmopolita 2. © 2022, Eva Mayro. De la cubierta: 2022, Roma García. Corrección: Raquel Rueda.

ISBN: 978-84-09-42653-9

Depósito Legal: SG 116-2022

*Para aquellas personas que luchan
contra viento y marea ante cualquier adversidad.*

Si nada nos salva de la muerte,
al menos que el amor nos salve de la vida.

PABLO NERUDA

Julia y Aitor

En la ciudad cosmopolita

Capítulo 1, Julia

Echo el aire despacio, alargando la profunda exhalación a medida que mis pulmones se vacían. Un suspiro acompañado, al igual que los anteriores, de gemidos cargados de recelo: casi silenciosos, discretos. De alguna manera que escapa a mi entendimiento, sabía que esto iba a pasar. Desde que nos besamos por primera vez en su habitación, en el fondo, muy en el fondo, supe que Aitor acabaría siendo como esas estrellas que se queman, al entrar en la atmósfera a tantísima velocidad, debido a la fricción del aire: breve y brillante. Un meteoro imponente que traza en la oscuridad de la noche un trayecto luminoso, tan impresionante al principio que hasta la persona más escéptica pediría un deseo.

Discurro, sin quererlo, en la visita al Jardín de las Vistillas y en eso que leí en un artículo cualquiera: hablaba del Sol, de lo pequeño que es en comparación con otros cuerpos celestes que comparten el mismo centro de gravedad. Recuerdo cada palabra que le dije: «Creemos que es el más grande, pero tan solo es una percepción». Al irme de la fiesta de las máscaras, entendí que esa teoría también es aplicable a las personas. Lo que vi esa noche me llevó a encerrarme en mí misma, convirtiéndome en alguien tan inaccesible como impenetrable. ¿Cuántos días han pasado desde entonces? ¿Cuatro? ¿Siete? ¿Un par de semanas? Sí, eso creo. Y aún no he sido capaz de hablarlo con nadie, ni siquiera con Olga o Marga. ¿Qué les iba a contar? Lo que presencié escapa a cualquier razonamiento lógico.

Escucho el timbre una vez, dos, incluso tres, sentada en la mesa de la cocina que ahora hace de escritorio. Resulta increíble lo que consiguen un cactus y una lámpara de mesa sobre una superficie vacía. De vez en cuando, me fijo en las puntas de la planta y palpo con el dedo índice, presionando lo justo para no hacerme daño. Concentrada, vuelvo la vista hacia la pantalla del ordenador. Casi he acabado los cambios que Mercedes me indicó en el correo. Me agrada que haya elegido la tercera paleta, porque al entrar en su página, la mezcla de colores transmite serenidad con un toque de elegancia. El justo para no dar una imagen pretenciosa.

Un ruido seco se repite en la puerta, es una especie de repiqueteo que hace «toc, toc, toc». Perdida en mis devaneos, reviso la estructura: nombre de la marca en la banda ancha, productos en el menú superior y las colecciones. Tengo que añadir un apartado más cuando empecemos con la nueva sección.

—Abre, Julia. La vecina de los gatos dice que llevas días sin salir.

Apoyo, sin ganas, la frente en lo que es ahora mi mesa de trabajo. Con esa pereza que tiende a aparecer más pronto que tarde en el momento menos oportuno. Aunque en este caso, ninguno sería el acertado.

Me pongo en pie sin ocultar el agotamiento que muestra mi imagen: apática e indiferente, sin disimular mi cabello desaliñado, las ojeras ni el desorden que voy dejando. El «toc, toc, toc» se repite, esta vez más insistente.

—No voy a irme. He sido previsora y traigo comida del chino. Incluso, si me lo propongo, puedo montar una tienda de campaña con el palo del paraguas y el fular. —Hace una pausa para coger aire—. De pequeña, mis padres me llevaron a un campamento *scout*, así que sí, puedo hacerlo. Y esperaré aquí durante horas. Días si hace falta. Y si muero de inanición cuando termine con los fideos, quedará sobre tu conciencia.

—Pasa —respondo apática antes de que Marga continúe con su parafernalia—. ¿El paraguas?

—Un farol, pero lo del campamento es cierto. Me llevaron con seis años, estaba en Ávila y los monitores solo hablaban en inglés. Nativos, por cierto. Imagínate, si sé atarme los cordones de milagro. Por cierto, ¿cuánto llevas sin ventilar? —Cierro la puerta cuando arruga la nariz. Como si estuviera en su casa, se acerca a las ventanas del salón y sube las persianas del todo, abriéndolas de par en par—. Esto parece un zulo. Y tú... Una especie de espectro sacado de las catatumbas romanas.

—Pues es mi zulo, ¿vale?

Las cierro de un golpe seco. Marga suspira en consecuencia y nos miramos con tirantez. Paciente y con movimientos lentos, sin exasperarse, deja la bolsa de papel en la que trae los *noodles* sobre la mesa de centro. Con la misma calma que hace un instante, vuelve a abrirlas.

Echa un vistazo rápido a medida que avanza, habitación por habitación.

—Esto es asqueroso, lo digo en serio. Estás a oscuras como una ermitaña, huele a cerrado y ni siquiera has recogido los pelos que hay en la bañera. Aunque viendo el plan que traes, agradezco que te hayas duchado. ¿Cuánto hace que no friegas los platos? Estoy segura de que ya has puesto nombre a esa bola de polvo. ¿Se llama Mota o Pelusina?

—Marga, tengo mucho trabajo.

—Anda, en eso coincidimos. —Se aferra a mi brazo de vuelta al salón, consiguiendo que me siente en el sofá—. ¿Qué pasó en la fiesta? No sabemos nada de ti desde entonces.

—Os escribí un mensaje —alego en mi defensa.

—Sí, pero decir que no sabes dónde has olvidado la chaqueta que te presté, que has dejado los zapatos en un taxi y perdido la fe en la humanidad, ha sido de todo menos tranquilizador. —Reparte los envases ecológicos de los fideos, uno para cada una—. ¿Quieres hablar de ello?

—Lo cierto es que no, pero tienes razón. Debería haber puntualizado.

—¿Sobre? —pregunta, llevándose los palillos chinos a la boca.

—Sobre él. —Encojo las piernas haciéndome pequeña—. Los sentimientos no se miden en semanas o meses, ni siquiera en años. ¿Lo has pensado alguna vez? Cuando compras unos zapatos nuevos, los idolatras. No quieres ni que los roce el viento. Pero después de un tiempo pierden valor y pasan, sin darnos cuenta, a ser un accesorio más. Luego están «esos» pares tan cómodos y difíciles de encontrar que terminamos usándolos a diario, sin importar que pasen de moda o si se vuelven anticuados.

—¿Aitor es el zapato nuevo del que luego te olvidas o el cómodo que quieres ponerte todos los días?

—Ninguno. —Sorbo los fideos sin disimular mi desilusión, al menos la comida está buena—. Él pertenece a la clase que impresiona, que gusta a primera vista y que te hace sentir segura, sexi y poderosa. Es como unos Michael Kors de salón, con punta en pico y tacón de aguja de ocho centímetros: preciosos, imponentes y maravillosos, pero dañinos para las que no sabemos andar si no es con los pies a ras del suelo. ¿Lo entiendes?

—Sí. E intuyo que no vas a darme más información.

—No tendría sentido. Al fin y al cabo, todos tenemos pasado. Aunque unos más oscuros que blancos.

—No entiendo una cosa. —Sorbe la sopa, pensativa—. Si lo que ha pasado entre vosotros es por algo que Aitor ha hecho antes de conocerte, ¿por qué lo tienes en cuenta? Quiero decir, que la gente cambia. De hecho, lo normal es hacerlo continuamente: modificar los gustos, prioridades, la moda, nuestras metas…

—Es difícil olvidar esa noche, Marga.

—Pero no imposible. Lo sencillo es juzgar a los demás en vez de a uno mismo; tú no eres así.

—¿Eso crees? Le dejé allí solo. Solo. Ni siquiera le di la oportunidad de que se explicara.

—No lo creo, lo sé. Por eso hemos pensado que esto te animaría. —Saca un papel impreso que me acerca sonriente. Entradas para ver a Víctor Küppers—. A las cinco tenemos que estar en la Sala Capitol. Olga va directamente allí, ahora está ocupada con el terapeuta de Nico. ¿Qué te parece?

—¿Lo de Víctor o lo de Olga?

—Lo que sea, pero di algo.

—Pues —la envuelvo en un abrazo que me sabe a gloria—, que tengo unas amigas fantásticas. —Miro de nuevo las entradas—. Madre mía, no puedo creer que vaya a estar en una de sus conferencias.

Cruzamos miradas cómplices, porque así son las buenas amistades: un dar y tomar, una concesión mutua, un toma y daca, son un *quid pro quo* en toda regla. ¿Y sabes qué es lo mejor? Que, aunque las personas así se cuenten con los dedos de una mano, son suficientes; especiales, auténticas y perennes, como las hojas de los cipreses.

Sorbo el caldo como ha hecho Marga hace un momento y dejo el envase vacío sobre la mesa. Más relajada, me recuesto apoyando la espalda en el sofá, estirando los brazos hacia arriba.

—He conseguido trabajo, al menos de momento.

—Por favor —Junta las manos simulando que reza—, dime que no has accedido a la oferta que te hizo Jorge.

—Por supuesto que no. ¿Recuerdas a Mercedes Herrero?

—¿La señora con un anillo que brilla más que tu futuro, propietaria de varias joyerías a nivel nacional y que rezuma elegancia por los poros?

—Sí, esa. Tienes una memoria increíble.

—Ya. ¿Qué ocurre con ella?

—Encontré su tarjeta en la cartera y, bueno, tuvimos una conversación interesante. —Cojo aire, entusiasmada—. En este momento soy su diseñadora web.

—¡Eso es estupendo! —Sujeta mis manos con entusiasmo e inclina de forma leve sus hombros hacia delante—. ¿Puedo ver lo que has hecho?

—Claro.

Y así, sin planearlo, un tupido velo separa dos tiempos: lo que ha pasado y el presente. Porque mientras el futuro llega, lo mejor es disfrutar de aquello que la vida nos va dando. Aunque sea en pequeñas dosis, como los chupitos.

Capítulo 2, Aitor

Es complicado sostener el teléfono en la mano y resistir el impulso de llamarla de nuevo, intentando dar con ella de alguna forma para que no me lleven los demonios. Un contacto, cualquier cosa, algo tan sencillo como escuchar su voz al otro lado de la línea.

Su esencia quedó impregnada en la chaqueta que llevé aquella noche. Aquella prenda en la que aún puedo detectar atisbos de su olor cuando, en el taxi, se apoyó en mi hombro antes de cerrar los ojos y besarme, con una intensidad cargada de ganas que a cualquiera le haría perder la cordura. El último beso que nos dimos sabía a promesas que pueden con todo. Sueños que día tras día han ido desvaneciéndose en la noche, cogiendo más realismo en las madrugadas. Despertar solo es lo peor, en mi cama con estructura negra en el piso compartido, envuelto en sábanas también negras y con la maldita colcha negra. Todo así. Estoy harto, pero al mismo tiempo encuentro consuelo en ese espacio en el que la oscuridad reina. De algún modo, la ausencia de luz me recuerda al Jardín de las Vistillas: cuanto más oscuro es el manto de la noche, más brilla el cielo. El mismo cielo que he compartido con Julia.

Quizá nunca me ha gustado lo fácil y por eso languidecí con su risa sarcástica, cojonudamente seductora. A veces la vida para de girar, para hacer «clic» y reconducirnos o, en su defecto, sacarnos del camino: como en esos momentos en los que me aferro a imposibles, cerrando los ojos e imaginando que nunca coincidimos con Levi, que no existe ninguna fiesta, ni máscaras ni tarjetas verdes. Fantaseando con que todo continúa inalterable. Tranquilo.

—¿Se puede saber qué haces?

Úrsula entra al camerino como un témpano de hielo. Su labio torcido revela enfado y cierto desconcierto. Las ventiscas de Siberia son más cálidas que ella en este momento. No la culpo. Empezamos a trabajar en el rodaje de «El sobre de Patrick» el miércoles pasado. Tal y como declaró, la serie promete. El personaje es seductor, zafio y aunque al principio muestra su lado más canalla, termina por abastecer cada uno de los deseos de Keira: una ladrona irlandesa demasiado buscada en Madrid. Al tener experiencia de figurante sé que cada plano lo es todo, que el guion principal en ocasiones sufre modificaciones sobre la marcha o que las secuencias de explosiones pueden llevarnos semanas. Hace unos días, grabamos durante horas sin descanso para conseguir una secuencia de tres minutos. Nadie imagina el trabajo que hay tras las cámaras ni la magnitud del equipo técnico de rodaje: director de fotografía, operador de cámara, foquista, documentalista… O la directora ejecutiva, que no deja de mirarme con los brazos en jarras esperando una respuesta.

—Necesito un par de minutos.

Paso el pulgar por la pantalla. No hay mensajes ni llamadas y las paredes se echan sobre mí sin moverse, azuzando un miedo que nace de la ansiedad por las noches en vela, por los desayunos sin hambre, por los dolores de pecho que llegan hasta la cabeza en forma de vacíos. Estos últimos ni siquiera sé por dónde cogerlos.

—Maldita sea, Aitor. No puedes desaparecer del set de rodaje sin avisar.

—Será un momento.

Llevar la mano derecha hasta mi frente es un gesto que hago con más frecuencia de la que me gustaría, signo del agotamiento mental. Hasta mi rendimiento laboral ha disminuido y los demás lo notan. Da igual que me esfuerce en las tomas, no consigo centrarme para ofrecer el cien por ciento. O como dijo la productora cuando nos reunimos: «un doscientos por cien». El porcentaje exacto que debe dar alguien como yo en una oportunidad como esta.

Úrsula mantiene los brazos en la misma posición, acercándose hasta quedar de frente. Es amiga de mis padres desde que tengo memoria. Si algo me gusta de ella, es su temperamento, uno con el que consigue que nadie se le ponga por delante. Si no me equivoco, tenía ocho años cuando me llevó a escondidas al centro de salud. Mi padre estaba trabajando y mi madre no daba abasto con las tareas del hogar, así que se ofreció para bajar conmigo a la plaza del barrio. Monté en los columpios. Corrí con otros niños sobre bancos de piedra simulando que el fuego era de lava, y me subí a la copa de un árbol cuando Úrsula atendía una llamada de trabajo. Yo, observaba con atención un llavero de la bola del mundo que sujetaba en la mano libre, desde lo más alto. Segundos más tarde, caí de bruces cuando las hormigas que había en la rama se subieron por mi brazo. La anilla del llavero se me clavó en la encía, justo entre los paletos. Nuestro primer secreto. El segundo fue estar ahí cuando la necesitaba, por eso se convirtió en mi confidente: era la primera en saberlo todo y sé que habría movido cielo y tierra si con eso pudiera defenderme cuando me metía en líos. Porque da igual lo que hiciese, siempre me ayudaba. El tercero es que sin Úrsula no habría perdido la virginidad en mi decimoctavo cumpleaños. Mis padres son el típico matrimonio convencionalista que reserva «eso» para la noche de bodas. No podía decirles que una compañera con la que ya me había liado en un par de ocasiones me había felicitado en el recreo e invitado a su casa, que además estaría libre por la noche. Eso, y metido un preservativo en el bolsillo del pantalón. Pero a Úrsula, sí. Por eso me explicó cómo usarlo, resolvió la infinidad de dudas que pasaron por mi cabeza y la noche que hice dieciocho fue… Memorable. No porque la chica me pareciera especial, sino porque ya era mayor de edad y había descubierto el motivo por el cual mis amigos sonreían tanto cuando hablaban de sexo.

—No. —Úrsula señala con el índice la puerta—. Sea lo que sea, soluciónalo, pero hazlo fuera de estas paredes. —Rebatir cuando la otra parte tiene razón es un disparate. Por eso me dirijo adonde indica sin abrir la boca, dejando el teléfono en el cajón del mueble que hay bajo el tocador del camerino. Camerino colectivo. Los individuales son para quienes tocan el cielo con los dedos—. Aitor.

Me paro en medio del pasillo al oír mi nombre, preparado para un nuevo toque de atención.

—Dime.

—No importa que ya no seas ese crío noble y listo, pero también cabezota que jugaba en la plaza. Búscame si necesitas hablar. Y no pienses tanto, das demasiadas vueltas a las cosas. —Un atisbo de sonrisa asoma en su comisura—. Ahora vuelve al set. Demuéstrales a todos que Úrsula Arias ha descubierto una estrella.

Me abraza apenas unos segundos, lo suficientemente intensos como para sentirme en casa, recibiendo el calor de la familia. Porque la sensación de soledad es desoladora. Y vuelvo con el equipo de rodaje donde Ariadna, la actriz que desarrolla el papel de Keira en la serie, brilla por encima de los demás.

—Estás aquí. —Levanta la cabeza para mirarme—. Quieren grabar de nuevo la última escena que hemos hecho. Por lo visto han realizado más cambios en el guion.

Ariadna Abbey viene de una familia adinerada. Con un padre inglés y una madre española, a los ocho años comienza en el teatro y a los doce ya ha iniciado sus estudios en la escuela de cine. Después de cuatro intensos años de formación y dos de especialización, aprendió a hablar tres idiomas e hizo pequeños papeles en series conocidas. Antes de los veinte consiguió hacerse un hueco entre los personajes más codiciados del cine. «Es de esas personas que antes de nacer ya saben lo que quieren», había comentado Úrsula con orgullo en una ocasión. Con su aparición en Dave's Soul llegó a la fama. Su increíble actuación en el papel de Emmie Lavelle y la escena del desnudo al final de la serie, la catapultaron a ser una de las actrices promesas, icono de los próximos años y el sueño de muchas personas. Un puesto que hoy en día conserva inalterable.

—Hemos grabado la escena como treinta veces. ¿Qué es lo que no les gusta?

—No sé. Han preferido esperar a que vinieras para decírnoslo.

Aunque suene a reproche, Ariadna no echa las cosas en cara. Si algo ha demostrado en los días que llevamos trabajando juntos es que el trabajo de los demás no le concierne. Ni siquiera le importa el cámara. Sabe que si alguien falla por incompetente se le sustituye. Y con los actores pasa lo mismo. Incluso el protagonista de la historia es irrelevante gracias a los suplentes, al equipo de caracterización y a la posibilidad de cambiar los guiones sobre la marcha. Por eso se centra en dar lo mejor de ella en cada escena, sin importarle los demás. Su única preocupación es destacar y admito que no necesita esforzarse mucho para lograrlo. Se mueve bien en esto. Y tiene un físico espectacular, exótico, atractivo y seductor. La belleza forma parte de sus bazas. Pero a mí no me impresiona. Para una persona enamorada, un físico despampanante solo es eso, un cuerpo.

—Bien, pues ya estoy aquí.

—Espera. —Coge su termo y un vaso de plástico.

—¿Qué es?

—Agua tibia con limón y miel. Le vendrá bien a tu garganta para no desgañitarse.

—No lo necesito, Ariadna.

—Lo sé, pero hazme caso. Oye —se detiene antes de juntarse con el resto del equipo—, mejor llámame Ari.

Capítulo 3, Julia

La conferencia de Küppers llega como un bálsamo cargado de energía, pasión y entusiasmo. De esos que, aunque no cierren heridas, ayudan a cicatrizar. Porque hay palabras que son para el alma como aquellos rayos de sol en los que te paras, durante un día frío de invierno a coger calor. El rojo predomina en la Sala Capitol por el patio de butacas. Marga ha insistido en que me arregle. Según ella, hacerlo ayuda a levantar el ánimo. Y lo he hecho. No de una forma desmesurada, más bien lo justo, para no parecer una persona que lleva las últimas semanas cargando con una sensación constante de abatimiento.

—¿Dónde se habrá metido Olga?

—No sé —musito, echando un vistazo a mi alrededor. Una cabeza con cabello tricolor asoma por la puerta de entrada, caminando con las legendarias plataformas de Aquazzura—. Ah, mira. Viene por ahí.

A pesar de que varias personas se giran hacia ella por la interrupción, el conferenciante continúa hablando de que la base de todas las relaciones son el cariño y el tiempo. Y su teoría me gusta. Nos invita a probar en primera persona cómo muere una planta que no se riega: «En la vida hay una regla que se cumple siempre en las relaciones humanas: planta que no riegas, planta que palma. Así de simple», «No es una cuestión de tiempo, es cuestión de no tener ánimos», «El tiempo de calidad no existe, es un cuento que alguien inventó para tener la conciencia tranquila. Y si no, coge una planta y ponle dos gotas de agua al mes. Máxima calidad, eh. Pero palma igual».

—Perdón, perdón, perdón. Señor, ¿me deja pasar? Gracias.

Olga esquiva pies, piernas cruzadas y ceños fruncidos con destreza hasta llegar a nosotras. Algo ha cambiado estos días en mi amiga. Está, como diría ella, fabulosa. Y el mérito no es para la ropa. Esta vez los conjuntos explosivos han debido quedarse en el armario: ni trae un escote de escándalo ni la parte de abajo mide quince centímetros. Son dos piezas que visten en completa sintonía: jersey fino de cuello vuelto en tono caramelo y pantalón blanco de tubo. Así: simple y desenfadada.

—Siento la demora. Mi padre ha venido más tarde de lo que acordamos a por Nico.

—Sí, muy bien. Dinos quién eres tú y qué has hecho con nuestra amiga —bromea Marga, mirando el conjunto de dos piezas, tan sorprendida como yo.

—¿Os gusta? Al principio mandé a Harry a criar percebes, pero luego me dije que por probar no perdía nada y, ya veis, me gustó la Olga que vi en el espejo.

—¿Quién es Harry? —Miro con desconcierto.

—El terapeuta de Nico —responde con un ligero rubor de mejillas—. Julia ¿Cómo estás?

—Mejor. Estoy mejor.

—No nos hagas esto más veces.

Asiento porque lleva razón, no está bien desaparecer sin dar señales de vida. Pero a veces somos egoístas y nos sumergimos en nuestro mundo sin empatizar con los demás, que también tienen batallas por librar. Nos estamos insensibilizando a pasos de gigante. Un día, vi a un hombre gritar a la cajera del supermercado porque la cola no iba todo lo rápido que él deseaba; y a la misma joven tragándose las lágrimas desde la impotencia. Una mañana cualquiera, comprobé el poco respeto de un trabajador hacia los mayores por no saber realizar operaciones en línea. Sentí mucha pena pensando en mi abuela Clemen y, Dios, ¿qué haríamos sin personas como ella? Los abuelos no son un lastre. Son la base, el tesoro de la familia, nuestros cimientos. Cuando se van, no lo hacen del todo; tan solo se vuelven invisibles. ¿Y qué decir de los padres y madres primerizos? Aguantan carros y carretas. Y si no, que pregunten a Olga. Deberíamos exigir a la Organización Mundial de la Salud un manual de supervivencia. Uno sobre cómo sobrevivir al resto del mundo.

Prometo no hacerlo más antes de que empiece a contarme cómo es Harry, lo que le gusta de él y la forma en la que se involucra para que Nico tenga una mayor calidad de vida. Con detalle describe sus tatuajes, haciendo especial mención a una cobra que va desde su abdomen al muslo, pasando por la entrepierna. Me enseña una foto en la que salen con el niño. Su aspecto me recuerda a la gente que se mueve por El Bronx. No porque tenga una imagen hostil, ni mucho menos, sino por el rollo neoyorquino: cabello alborotado, sonrisa canalla y la chaqueta negra con un tigre bordado a la derecha. Su estilo propio es muy distintivo y el entusiasmo de Olga al hablarme de él resulta contagioso. Palpable. Podría ser tangible si las emociones se tocasen con las manos. Y es que, para una mujer para la que los hombres son solo hombres, conectar con uno de ellos y abrirse cuando lleva años huyendo de las relaciones, es maravilloso.

—Perdóname. Tú estás pasando por un mal momento y yo no dejo de hablar de Harry.

—Tener amigas para esto... —Se burla Marga.

Quiero reír, pero me contengo cuando las mujeres que hay delante se giran incómodas, cansadas de oírnos. Una de ellas hace una especie de «Shh» para que nos callemos. El hombre que permanece a su derecha nos regala una mirada cargada de reproches.

—Me gusta verte así de bien, Olga, y si el tal Harry ha conseguido que te pongas este conjunto —hablo bajo para no molestar—, tiene que ser el hombre indicado. Además, me parece que tiene esencia.

—Una forma muy diplomática de decir que su manera de vestir es rara.

—Estás tú para hablar de ropa. Aquí, la que va haciendo un homenaje a Pippi Langstrump —musita Olga, simulando que lanza una flecha con las manos—. ¡Pam! Directa al corazón.

Si alguien es peculiar vistiendo en la ciudad más cosmopolita de España, esa es Margarita Manzanaro. Hoy, sin ir más lejos, lleva una boina naranja, un suéter verde y un vestido amarillo de rayas. Creo, por cómo mira cada prenda, que ni siquiera ha sido consciente de la similitud con ese personaje literario que más tarde saltó al mundo televisivo, para deslumbrar a lectores y espectadores con una personalidad propia, libre y fuerte.

Abre la boca para decir algo, pero se da cuenta de que es una batalla perdida. Decide callar, centrándose en la conferencia. De vez en cuando, Olga saca el móvil para leer mensajes de Harry. Son cortos, bonitos y sencillos. Llego a ver un «Disfruta con las chicas. Te recojo a la salida» de él, y un «Estoy deseando verte», de ella. Al pillarme husmeando se ruboriza y le pido disculpas por mi intromisión, uniendo las palmas de las manos.

Disfruto escuchando al conferenciante más, todavía, de lo que esperaba: «Cuando uno ha perdido el ánimo, lo ha perdido todo. Y uno es responsable de su estado de ánimo», «Porque la vida está hecha así; y hay muchas cosas que no controlamos», «El problema de las excusas es que muchas veces son reales». Me es imposible elegir una sola frase, porque todas rebosan tanto realismo que abruman. Resultan apabullantes. Son verdades como puños que resquebrajan el alma. Porque la vida es impredecible y hay miles de cosas que se nos escapan.

El tiempo pasa rápido, tanto que ni siquiera me percato de que la conferencia ha terminado hasta que las chicas me dan un pequeño paquete envuelto. Es entonces cuando me doy cuenta de las ausencias en algunas butacas. Parte de los oyentes ya han abandonado la sala cuando retiro el papel de regalo con cuidado. Poco a poco, la portada de un libro va apareciendo entre mis dedos hasta quedar completamente al descubierto: «Vivir la vida con sentido - Víctor Küppers».

—Es de hace años, pero nos ha parecido el más adecuado para ti.

—Ni siquiera sé qué decir.

—A nosotras no tienes que decirnos nada. —Señala a Küppers antes de despedirse. Ha quedado con Harry para llevar a Nico al parque, aprovechando el sol de la tarde, después de que vayan a recogerle a casa de su padre—. ¿A qué esperas? Corre a que te lo firme.

Voy hacia él, aunque antes me vuelvo hacia las chicas.

—Sois las mejores.

Hay que luchar a contracorriente para vivir con ilusión y alegría.

Firmado, V. K.

Capítulo 4, Julia

Sentir que el resto del mundo no existe es fácil. Tan solo hay que cerrar los ojos y concentrarse, haciendo caso a los pensamientos. Esos que recorren cada lóbulo del cerebro sin permiso, de uno a otro. El año que estudié psicología estaba cursando bachillerato, era una de las asignaturas opcionales y me gustó. Me hacía comprender mejor la forma de pensar de las personas y por qué algunas actúan de un modo en vez de otro. La respuesta es sencilla: somos diferentes.

Sentada en un banco, discurro entre derroteros. Llevo haciéndolo desde que hemos salido de la Sala Capitol: intentar entender y ordenar todo lo que pasa por mi cabeza. Con frecuencia ojeo el libro y la dedicatoria. Me gusta abrirlo, pasear los dedos por las páginas notando el tacto del papel bajo mis dedos.

—Podría estar embarazada.

Confesar algo así no es sencillo. Menos aún cuando tus planes laborales auguran un futuro incierto cargado de interrogantes; porque Marga continúa aspirando al puesto de consultor comercial a pesar de que el ascenso ha sido para una de sus compañeras. Nos lo ha contado saliendo de la conferencia, antes de que Olga se fuese con Harry. Sus palabras han sido textualmente las siguientes: «Estoy tranquila, Julia. Sé que no va a pasar la prueba. ¿Y sabéis a quién van a buscar cuando eso ocurra? A mí». Tan relajada, tan segura de sí misma. Ojalá todos tuviéramos su confianza.

—¿Qué has dicho? —rectifico de inmediato, formulando otra pregunta— Quiero decir, ¿cómo te encuentras?

Mucho se habla del poder de la mente, poco del que tienen las palabras. Porque lo tienen: algunas nos elevan a lo más alto, otras hacen que caigamos en picado. Como las piezas de un dominó en el que la suerte y el destino echan con tranquilidad una partida.

Acaricio su mejilla. Una forma de decir que estoy con ella sin importar el camino que elija. Porque en esta vida merece la pena cuidar a personas como Marga. O a lo mejor no, porque se ríe. La muy puñetera se ríe y solo puedo pensar en darle una de las representativas collejas bidireccionales de Olga.

—Deja de mirarme así. Es como si aquí —toca el banco en el que llevo ya un buen rato sentada— estuvieras solo de cuerpo presente, porque tu mente está por ahí volando con los pajaritos. Además, ¿de quién iba a estarlo? Tengo esa parte de mi cuerpo más seca que un pastel polaco. Ni siquiera recuerdo cómo se hacía.

—No ha tenido gracia.

Cierro el libro con desgana, levantándome con la misma pesadez que me acompaña desde la noche de la fiesta. Caminamos juntas y me gusta que sea capaz de acompañarme sin decir nada, dejando que medite, que valore opciones, que elija mi propio destino sin condicionantes. Entonces me detengo en medio de la acera y lo sé. Sé que quiero ir donde él esté. Es como un impulso que se torna, con los días, en una necesidad. Y entonces... Me doy cuenta de que Aitor hace tiempo que ha empezado a trabajar en el rodaje. Y me odio por ello. Resulta inevitable no sentir un aura de remordimiento y me digo a mí misma que le he fallado. Él ni siquiera quería ese contrato.

—Estoy siendo una egoísta.

—Eso no es verdad. Hasta las personas que más se quieren discuten. ¿Recuerdas?

—Le di mi palabra, Marga. Si me hubiese comportado como una persona adulta, habría dejado que me diera una explicación en vez de irme corriendo a por un taxi. ¿Sabes qué pasó esa noche? —No soy consciente de que estoy temblando hasta que me abraza—. Que me hizo daño. Mucho. Sé que fue sin querer, pero lo hizo escondiendo cosas de su pasado. La fiesta, la maldita fiesta que organizó Levi, nos estalló en la cara a los dos.

—Busca a Aitor. —Me zarandea con cariño, dándome el empujón que necesito—. Habla con él y que le den a Levi. A Levi y a la fiesta.

—¿Y qué será de nosotros si lo que descubro es tan horrible que no puedo ignorarlo?

—Mira, Julia, nada que venga de él podría ser tan malo.

Nos ha costado bastante dar con el lugar de rodaje, pero aquí estamos. Para entrar con Marga he tenido que llamar a Úrsula. Cuando pensaba que ya no iba a cogerlo, ha respondido. Y para que el gorila que tienen de vigilante con unas dimensiones corporales desorbitadas nos deje pasar, ha tenido que ponerse ella misma al teléfono. Ahí es cuando he empezado a inquietarme, cuando me he vuelto un saco de carne, huesos y nervios. Sobre todo nervios. Como si de golpe me hubiese comido las inseguridades que he ido acumulando con esmero estos años, para que ahora salten sin permiso, por los aires. Aquellas debilidades empezaron a coger forma en mi relación con Elías, con ellas, me fui perdiendo hasta desvanecerme por completo, poco a poco.

He pensado mucho en si estoy haciendo lo correcto o si, por el contrario, esto es en toda regla un acto de intrusión. Aparecer sin avisar me parece un plan improvisado con demasiadas ranuras. A lo mejor es, incluso, una violación del derecho a la intimidad de Aitor.

—Deberíamos irnos.

—De eso nada. ¿La que baja por las escaleras es la directora?

Giro la cabeza hacia donde mira Marga. Efectivamente, Úrsula Arias viene a por nosotras.

—Mierda.

Resoplo moviendo las manos con ansiedad. Si tuviera uno de esos relojes inteligentes que miden las pulsaciones, estaría vibrando para alertarme de mi preocupante incremento cardíaco. Úrsula levanta la mano a modo de saludo. Caminando erguida, pone un pie delante, luego el otro, de nuevo el anterior, el movimiento de caderas justo para transmitir seriedad sin resultar insinuante y el labio torcido como la última vez que coincidimos. Creo que hace adrede la última mueca, para potenciar el halo de respeto que le otorgan los demás.

—¿Cómo estás? —Me estrecha entre sus brazos antes de dirigirse a Marga—. Hola, soy Úrsula Arias. Directora ejecutiva cinematográfica.

—Encantada —se inclina hacia delante—, yo soy Marga.

—¿Tenéis ganas de conocer el mundo cineasta tras las cámaras? El equipo que hemos formado es maravilloso, pero primero...

Saca su cajetilla dorada para coger un cigarro. Antes de llevárselo a los labios, invita a Marga a pasar. Le explica dónde está el catering por si tuviera sed o hambre e insiste en que puede moverse como pez en el agua siempre que no interfiera en las tomas.

—Gracias por la invitación, pero tengo que irme. Solo quería que Julia no viniera sola y, bueno, ya no lo está así que... Me voy.

Me pellizca en la cintura con cariño y me anima a que deje a un lado los miedos antes de salir, pasando por debajo del brazo del de seguridad, que permanece apoyado en el marco de la puerta. Literal que hago una peineta dirigida a ella cuando me mira antes de girar a un lado y desaparecer de nuestro campo de visión.

—¿Me acompañas? Llevo dos horas sin fumar y ya he amenazado a Ethan cuatro veces.

Río imaginando al pobre chico bajo sus órdenes y camino con ella fuera de las instalaciones. Con el mechero, también dorado, enciende el cigarrillo. Inhala parte de ese humo denso que se genera por combustión para luego expulsarlo hacia fuera con suavidad. Tras formar una nube blanquecina a su alrededor, comienza a hablar de las veces que el guionista ha realizado cambios en los diálogos, de lo divertidas que son las tomas de algunas escenas y de lo fácil que está resultando trabajar con Ariadna Abbey. Por lo que cuenta, intuyo que es la protagonista femenina principal. La cuestión es que su nombre me suena, pero no termino de formar su rostro en mi mente hasta que nombra la serie de «Dave´s Souls». ¿Quién no pondría cara a la mujer que representó el papel de Emmie Lavelle? Ariadna es de ese tipo de personas tan atractivas que duele mirar. De las que tienen la palabra «triunfadora» grabada en la frente. Es la chica de piernas infinitas que luce con orgullo una nariz natural, sin giba, recta y con la punta ligeramente hacia arriba. Tan auténtica que no se molesta en ocultar sus pechos, aunque la talla que usa sea la más pequeña. Algo de lo que la mayoría del mundillo rehúye. Como si lo normal fuese pesar cuarenta kilos y tener una noventa. De hecho, tengo entendido que es de las pocas actrices que se ha negado a ponerse implantes alegando que su cuerpo es así, que le gusta verse tal y como es, y que ningún papel hará que cambie de opinión.

El hecho de que esté mano a mano con Aitor me perturba. La imagino trabajando con él sin descanso, juntos, codo con codo. Y me parece que es como hacer malabares con fuego. No te quemas, al menos no todavía, pero piensas que en cualquier momento tiene que pasar y se crea un malestar que aumenta con la rumia.

—Necesita centrarse.

Me recompongo, intentando no hacer caso a los pensamientos negativos. Ni siquiera me había enterado de que Úrsula continuaba hablando.

—Lo siento, estoy algo distraída. ¿Por quién lo dices?

—Por Aitor —aclara, disfrutando de las últimas caladas—. Tiene que ponerse las pilas. Un papel mal representado puede catapultarle al fracaso. Y cuando se toca suelo en esto, es complicado remontar.

—¿Qué está haciendo mal?

Se agacha para apagar la colilla en el suelo. Aplasta la boquilla naranja con los dedos hasta desmenuzar el filtro que hay dentro.

—Nunca se junta el trabajo con la vida personal. Y él lo hace constantemente, aunque admito que se esfuerza por parecer entero. Ya sabes, tiene un corazón de hielo. Pero si logra cambiar eso, lo que tendrá será un futuro prometedor.

Voy a decir a Úrsula que se equivoca, que Aitor no tiene un corazón de hielo sino corazas. Muchas, una encima de otra, amontonadas. Pero en su lugar alzo la barbilla, recogiendo la calidez de los últimos rayos de sol. Su problema es que, cuando sufre, todo él se vuelve frío y distante. El mío, que lo mejor que sé hacer cuando algo me hace daño es echar a correr.

—Intenta que entre en razón, a ti sí que te escucha. ¿Vienes?

Entra con paso firme, sin esperarme, y sube las escaleras por las que antes ha bajado. Yo voy detrás de ella, acelerando el paso para no perderla.

—Claro, sí —contesto entre jadeos en el último escalón—. ¿Puedes darme una gorra del equipo de grabación? No me gustaría ser una distracción en el rodaje.

—Espera aquí.

Obedezco sin moverme del sitio. Cuando vuelve, trae consigo la gorra, un chaleco negro y una goma para el pelo.

—Tu cabello tiene un color tan peculiar, que es prácticamente imposible no reconocerte con él suelto.

—Gracias.

Lo junto en una coleta alta que paso por el agujero trasero de la gorra y escondo los mechones que han quedado sueltos por detrás de las orejas. Antes de cruzar la última puerta que hay al final del pasillo, escucho la voz de Aitor. Y me detengo. Qué complicado es comprender las cosas cuando no nos entendemos ni a nosotros mismos.

Aitor y Savannah
Años antes

Capítulo 5, Aitor

Es de las pocas veces que come así, como si disfrutase de las texturas, de los sabores y de la apabullante sensación que otorga un estómago lleno. Estos meses han sido complicados. Quizá, más que eso. La última vez que Savannah tuvo un evento por trabajo insistió en que me quedara en casa, dijo literalmente: «No pierdas el tiempo, solo es una estúpida cena con gente estúpida». En parte tenía razón, en su círculo no faltaban personas necias con las que yo no terminaba de encajar. Cedí porque, a pesar de todo, sentía que podía confiar en ella. La veía segura de sí misma y, además, me había prometido no volver a hacerlo. Así que accedí a que fuese sola, aunque sus últimos trabajos de modelo y el grupo con el que había empezado a trabajar de figurante no fuesen precisamente las mejores opciones para acompañar sus antecedentes con el trastorno alimentario.

—Aitor, ¿en qué piensas?

Me fijo en su mano izquierda, que permanece apoyada con suavidad sobre la mesa de madera de cedro. Con la otra mueve hasta su boca el tenedor. No es mucho lo que lleva, pero al menos es algo. Y ese «algo» es más que nada. Sus dedos son finos y largos, con frecuencia van acompañados de unas uñas impecables con forma de almendra, con una manicura tan sutil que parece suya. Lleva en el dedo anular el anillo de pedida, una sortija de plata con una circonita brillante en el centro, rodeada por una hilera sólida que crea esferas alrededor. Hace un tiempo, el anillo habría quedado enorme puesto en su dedo.

—No es nada.

—Venga, dímelo —ruega, haciendo una mueca con los labios.

—Estaba dando vueltas a la vida de antes, me gusta que poco a poco las cosas mejoren. ¿Más comida?

Savannah niega moviendo ligeramente la mano; aun así, sirvo un poco más de carne a la piedra. Observa de reojo la base volcánica de basalto, como si estuviera valorando la opción de volver a poner ahí lo que he echado en su plato, pero no lo hace.

—Pretendes cebarme como si fuera un pavo. —Sonríe, como cada vez que lo dice. Yo languidezco ante la curvatura de sus labios—. ¿Has pensado en lo que te dije?

Intento no parecer incómodo ni tenso. En el último evento al que fue sola pasó una cosa que arrastramos desde entonces. Uno de los directores de las agencias de modelos con más prestigio a nivel nacional echó el ojo a la que es mi futura esposa. Y eso, lo único que nos ha traído son problemas con su Trastorno de Conducta Alimentaria. Una afección grave de la salud mental que no acepta tener.

Estudio la carta como si no hubiera escuchado nada, fijándome en los postres que aparecen: bizcocho de zanahoria, tarta de queso, helado de limón y copa de chocolate. Pido al mesero el primero. Me genera especial curiosidad porque Savannah no come dulces ni nada que lleve azúcares añadidos.

—Aitor… Es muy importante para mí.

—Por favor, ¿podemos dejarlo para otro momento? —Mi tono es hosco, lo que genera unos segundos tensos en los que ninguno nos pronunciamos.

En consecuencia, se levanta cuando el camarero deja el anaranjado bizcocho sobre la mesa, arrastrando la silla hacia atrás con estrépito. Va a montar uno de sus números, a los que todavía no me he acostumbrado a pesar de ser frecuentes en ella.

—¿Para cuándo? —pregunta furiosa, antes de arrancar el mantel de la mesa. Consigo sujetar parte de la vajilla, evitando que caiga al suelo—, estoy harta de esperar. ¡Harta!

—Savannah…

—¡Suelta! No quiero que me toques.

La gente se aparta mientras varios hosteleros recogen los cristales con rapidez. Me disculpo de forma reiterada, dejando sobre la mesa más dinero de lo que vale el menú para subsanar los daños ocasionados antes de salir tras ella.

—Lo siento mucho, ha sido vergonzoso.

Noto las palmadas de un señor sobre mi espalda. Es mayor y, hasta hace un momento, degustaba con tranquilidad un enorme chuletón en la mesa colindante.

—No se preocupe, joven. Ya debe ser suficiente complicado lidiar con una chica así como para que encima se responsabilice de sus actos.

Lo es. Desde luego que lo es.

En la calle resulta incontrolable, ha perdido del todo la cordura. A veces lo hace, descarga su furia contra mí. Y yo dejo que lo haga porque la quiero. Porque me parece vulnerable. En estos años, he ido construyendo una coraza invisible a mi alrededor que llevo superpuesta, formada por capas. Cada vez hay más. Es lo que la mayoría hace, ¿no? Cuando algo nos atraviesa, intentamos protegernos. Ella lo consigue de forma constante con las palabras; traspasar esa fina línea que no deberíamos tocar en las relaciones. No puedo decir que esté acostumbrado, pues estaría mintiendo. Pero he aprendido a vivir con ello.

—Es imposible que nos entendamos, ¿no lo ves? Imposible —repite, encendiendo un cigarrillo de liar que inhala con rabia—. Te mueres por dentro cada vez que me ofrecen una oferta de trabajo. ¿Crees que no sé lo que quieres? Intentas que pierda la figura para asegurarte mi fracaso. No quieres que tenga éxito, Aitor, por eso vigilas que no deje nada en el plato o que no vomite por las noches.

—Demonios, ¿eres consciente de lo que dices?

Le quito el cigarro de los labios y lo tiro al suelo con la misma ira con la que ella ha escupido cada palabra. Piso reiteradas veces la colilla hasta que las cenizas quedan fijas sobre la acera, dejando en la superficie una forma desdibujada.

—Odio que hagas eso. No tienes derecho a contradecir ninguna de mis decisiones. Si quiero fumar, fumo. Si quiero hacer ayuno, hago ayuno. Si no quiero comer, no tengo que hacerlo. Y tú no deberías venir detrás de mí todo el tiempo como un perrito faldero.

—¿Así es como me ves?

Como respuesta, enciende otro cigarro. Si ella odia que me preocupe por su bienestar, yo detesto que me rete, así que trago el nudo que se ha formado en mi garganta y respiro hondo, decaído. Hay palabras que, si pudiera materializar, las recogería con cuidado y las guardaría en una caja fuerte para tenerlas conmigo. Como cuando dice que me quiere. Si fuera posible las sacaría ahora, las abrazaría para convencerme de que el dolor de esta conversación se va a desvanecer. Pero por suerte o por desgracia, no es posible. Solo puedo añadir una capa más a la armadura, para que el sufrimiento sea soportable.

—¿Qué haces? Déjame.

—Dime, ¿esto también lo hace un perro faldero?

Tiro otra vez su cigarro al suelo y lo pisoteo como he hecho con el anterior. Desafiante, prende otro, por lo que vuelvo a hacer lo mismo, entrando en una especie de círculo vicioso en el que ella enciende uno y yo lo lanzo y piso. Cuando la cajetilla metálica está vacía, Savannah da un grito ahogado con el que expresa su frustración. Incluso golpea con los tacones la base de una maceta de piedra que adorna la entrada del restaurante. Enredados como si fuéramos un nudo de ocho, tropiezo con ella cuando intenta separarse haciendo que nos revolvamos todavía más.

Muerdo la punta de mi lengua cuando me da una bofetada. Es duro saber que en ocasiones soy simplemente un títere que mueve a su antojo, tirando de hilos invisibles para no quebrar sus inseguridades. Porque la gente débil suele ser inestable y Savannah es la persona con menos autoestima que conozco.

—No quiero seguir con esto —digo, dándole la espalda—. Me voy a casa.

Busco las llaves de la moto dispuesto a irme solo, pero me abraza desde atrás y el mundo cae sobre mi espalda, ligero, como si con ella a mi lado yo pudiera con todo. Aunque esta vez no sé si podré. Desde que ese señor se cruzó en nuestro camino, sus días se han vuelto más blancos. En cambio, los míos, languidecen entre tonos grises.

—Me he pasado, lo siento. —Apoya la cabeza en mi hombro. Su pelo huele a tabaco y en los pómulos, el rímel ha dejado una bruma oscura—. No pienso nada de lo que te he dicho.

Nos besamos abriendo un paréntesis que separa lo ocurrido. Hasta ahora no me he dado cuenta de las lágrimas que han pasado por sus pómulos, silenciosas. El beso tiene un sabor agridulce, se parece a dar un trago al café recién hecho: abrasa las entrañas, pero a pesar de ser consciente no te puedes contener. Eso mismo me ocurre con Savannah.

—¿Vienes conmigo? —pregunto sin separarme demasiado de sus labios.

Duda un momento, jugando con su pelo.

—Creo que Natalie está por la zona. Me apetece tomar una copa antes de volver.

Natalie es una de esas amistades convenencieras que nadie que se aprecie un mínimo debería tener cerca. Pero Savannah no lo ve. Para ella, cualquier persona guapa con seguidores en redes sociales y contactos en el mundo de la moda es apta para su círculo. Y me da pena decirlo, pero por lo que veo, ella también se ha vuelto demasiado oportunista.

—Vale, te veo en casa. —Arranco. Ella roza con las uñas el dorso de mi mano.

—¿Todo bien?

—Sí, ¿por qué no iba a estarlo?

Ajusto el cierre del casco, colocando los pies en las estriberas, y me voy antes de que pueda contestar, porque hoy tampoco vamos a hablar. Lo sé. Por eso, salgo buscando la carretera como alma que lleva el diablo, inmerso en oír solo el rugir del motor cada vez que acelero, silenciando los pensamientos que se agolpan con ímpetu en una parte cada vez más racional de mi cerebro. Últimamente, ese sonido es lo más parecido a un refugio.

Ya está amaneciendo. Los primeros rayos de sol se filtran por las ranuras que pertenecen a la persiana del dormitorio, aunque no es eso lo que me despierta sino un sonido casi inaudible, ronco y reiterado. Doy media vuelta, hasta quedar bocarriba en la cama y estiro el brazo para acariciar a Savannah.

Le gusta que haga eso, tocar su cabello cuando me despierto entrelazando los dedos, pero no está. Las sábanas de su lado continúan intactas, como anoche. No ha venido a dormir.

Al levantarme, estiro los brazos y saco del armario un chándal gris con el que me visto antes de ir a la cocina. Me molesta que no haya dejado llamadas ni mensajes. «Una copa», dijo. Procedo a atarme los cordones de los playeros y el mismo sonido de antes se repite. Es una especie de carraspeo con eco. Un gemido sofocado.

—¿Savannah?

Asomo la cabeza por el pasillo. La luz del baño está encendida, la puerta entreabierta. Cada zancada pesa más al intuir lo que me espera. Porque uno no puede ver algo así y fingir que continúa entero.

—Vete. Es mejor que no veas esto.

Se aferra a la taza para incorporarse y tira de la cadena.

—Prometiste no hacerlo más.

Sujeto su cabello, evitando que lo manche cuando se enjuaga la boca. La última vez que fue a la peluquería le hicieron bastantes capas. Desde entonces, su melena baila con ella en cada movimiento.

—Solo ha sido esta vez, no empieces.

Lleva el pantalón amarillo sucio, con lamparones provocados por las copas de anoche. Sus piernas son largas, suaves, pero tan delgadas que es imposible verla y no pensar si podrían romperse al sostener el resto del peso de su cuerpo. Los brazos son finos, su cintura alarmantemente estrecha; parece de una chica de once años. Los huesos de la clavícula se notan en exceso y los pómulos destacan ante unas mejillas cada vez más cóncavas.

En su bolsillo delantero sobresale algo. Sé lo que es. No es la primera vez que trae a casa las pastillas adelgazantes que usa de forma errónea como sustituto de una alimentación adecuada. Hace unas semanas, Natalie se las vendió. Por lo visto, además de aspirar al mundo de la moda y el cine pisando a los demás, emplea su tiempo libre en cazar mentes débiles a las que vaciar la cartera con productos «milagrosos».

Savannah comprueba que la he descubierto, pero esta vez soy más rápido que ella. Abro el bote translúcido verde de plástico y tiro las pastillas por el váter, presionando con ahínco el botón de la cadena.

—Te he dicho que he vomitado una vez —recrimina, intentando que parezca menos de lo que es.

—Siempre dices eso, pero mientes. Y si continúas así, esto no va a acabar nunca.

Capítulo 6, Aitor

Todos tenemos instinto animal. O quizá, los animales seamos nosotros. Creía que lo justo sería ceder de vez en cuando, no discutir aun sabiendo que se equivocaba o ver la cara oculta de la moneda con naturalidad. Nadie quiere ser una marioneta en manos ajenas, por eso me duele reconocer que, en ocasiones como esta, me maneja como quiere. Se supone que solo íbamos a hacerlo una vez. Pero si estoy en lo cierto, con esta van cuatro.

—Habéis venido.

Levi nos saluda con entusiasmo.

—Savannah ha insistido.

—Imagino, amigo. Tu chica puede ser muy persuasiva.

Se inclina hacia delante, dejando un beso en su mejilla. Antes de que pasemos a la sala privada donde están los demás, echo un vistazo a nuestro alrededor. La última vez que nos reunimos fue también en este sitio: un balneario bastante cuidado, regentado por alguien que sabe cómo satisfacer los deseos de un cliente con dinero.

—¿Qué máscaras hay esta noche?

Me pone nervioso no saber quiénes son las personas que hay al otro lado, ver rostros escondidos tras caretas de porcelana con virutas doradas y que cierren las puertas, sobre todo eso, las puertas cerradas. Cuando la habitación se vuelve negra, la gente cambia. Levi cree que disfruto porque puedo mantener la erección cuatro o cinco horas. Desconoce que antes de venir, tomo viagra a espaldas de Savannah; ella es el único motivo por el que accedo a esto. Recuerdo que la primera vez ni siquiera se me puso dura. Y tuve que excusarme inventando que el gatillazo había sido causado por los nervios. Accedí porque era nuestro segundo aniversario y Levi, por aquel entonces, no hacía más que calentarnos la cabeza: «Tenéis que venir un día, hacedme caso», repetía. Al final, Savannah empezó con la misma historia y… Cedí. Pensé que podría ser una experiencia diferente, divertida. Algo que reafirmara la confianza en la relación. Algo que recordaría con ella en el futuro, como una de las muchas anécdotas que quería coleccionar. Una manera de autoconvencerme, como diciéndome a mí mismo: «Nos queremos, entre nosotros no va a cambiar nada». Pero la realidad es diferente. Yo no disfruto, nunca lo hago.

—Ellas aves, nosotros coyotes. Por cierto, estas son las vuestras.

—Qué original —contesto irónico, como si las chicas no pudieran elegir a los hombres.

Savannah no tarda en ponerse la suya. Estamos a punto de entrar cuando un hombre de cabello cenizo se acerca a ella. Él y la chica que agarra su brazo llevan las mismas caretas que tenemos nosotros, como dictan las estúpidas normas de este juego absurdo.

—Qué pajarito más apetecible. Un placer coincidir aquí, contigo.

A pesar de que su acompañante sonríe cuando avanzan hacia el interior, palpa la insoportable tensión que flota en el ambiente entre el hombre y yo.

—¿Quién era ese?

—Antoine Blanc. Acaba de ascender a director de la agencia de modelos con más éxito a nivel nacional. Ya sabes, un pez gordo más con vicios caros.

Camino con las manos en los bolsillos tras él, las pulsaciones disparadas. Me molesta que ella le reconozca con la máscara puesta.

—Eh, no puede pasar así.

El de seguridad evita que continúe hasta que me pongo la careta de coyote. Y si no fuera porque al entrar Levi me sujeta del brazo, le habría agarrado al tal Antoine por la pechera, para zarandearlo sin descanso por el poco respeto que ha mostrado.

—Cuando te pones así eres insoportable —musita Savannah con su lengua afilada.

Tiro el sobre de mala gana sobre la mesa que nos toca, aguantando sus quejas. Ignorándola, procedo a leer la lista que enumera las posibilidades con las que pretenden sorprendernos esta vez. Al mismo tiempo, presiono el botón dorado que sobresale en la mesa, para que la recepcionista del balneario traiga las tarjetas plastificadas con cada número.

1. Sexo en el agua.
2. Cera caliente.
3. Venda y esposas.
4. Sexo tántrico.
5. Intercambio de papeles.

Con el botón blanco, la chica trae preservativos, lubricantes, toallitas y chicles. El azul es para el vino, siempre en copas largas de cristal fino y enfriado en anchas cubiertas con dados helados. El rojo da paso a la comida: bandejas de fruta, embutidos y canapés. Suelen presionarlo al final. La luz se hace al fondo, dejando a la vista a dos personas con antifaces sin ningún tipo de expresión a la espera de nuestras indicaciones.

El primer número en salir es el cuatro, luego el tres, el cinco, el dos y el uno. Las personas de los antifaces cumplen los deseos de los presentes, sabiendo que a cambio van a recibir una gran suma de dinero.

—¿Te gusta?

Savannah mueve las caderas encima de mi abdomen. Pese a haber separación entre las parejas, música de fondo y una iluminación lo suficientemente tenue, siento que los ojos de los demás caen sobre nosotros. Si no fuera por la pastilla de viagra, la erección resultaría imposible.

—Tú lo sabías, ¿verdad?

La echo a un lado cuando veo los ojos de Antoine mirándola con descaro, para que deje de estar en su campo de visión. Levi ni siquiera pestañea, está demasiado ocupado con una rubia de pechos exuberantes. A los demás no los conozco y tampoco me preocupan, ni siquiera me importan.

—¿Qué haces? —pregunta confusa.

Beso sus labios con rabia. A ella le gusta que sea así de brusco, y su cuerpo se mece en consecuencia. Cuando termina cojo papel y toallitas para que pueda limpiarse, subo los tirantes de su vestido y me siento de forma que los ojos de ese señor ya no puedan recorrer las piernas de Savannah, su cintura o la pequeña aureola de sus pezones.

—Contéstame, ¿sabías que Antoine vendría?

Presiona el botón rojo antes de hablar, acomodándose en el sofá en el que acabamos de hacerlo. Al instante, una azafata se acerca con bandejas repletas de comida y las deja sobre nuestra mesa. Imagino a la recepcionista atendiendo a los clientes del balneario con total naturalidad, como si en una de las salas de su negocio no estuviésemos reunidas varias parejas, recreando más de una fantasía sexual. ¿Qué pensarán las que nos atienden al ver esto? Seguro que nada, porque supongo que a cambio reciben un buen sustento económico.

—No. No tenía ni idea de que vendría. ¿Uvas?

Coge un racimo y echa la cabeza hacia atrás antes de meterse la más pequeña a la boca.

—Sé sincera. Prefiero enterarme por ti que más tarde por otras personas.

Molesta, cruza los brazos.

—Ya te lo he dicho, no lo sabía.

Algo en sus gestos hace que desconfíe. Desconozco qué intenciones tiene Antoine Blanc, aunque si algo sé, es que se acuesta con la mayoría de las chicas que pasan por la agencia. Y eso no resulta demasiado alentador. Cada vez que aparece en nuestras vidas, Savannah retrocede con la comida. Vuelve a sumergirse en esa espiral viciosa compuesta por ayunos, dietas basadas en pastillas quema grasas y en vomitar a escondidas cuando consigo que se lleve alimentos de verdad a la boca.

—Espero que entienda y respete que no vas a trabajar para él.

Incómoda ante mi comentario, chasquea la lengua.

—En realidad… Estoy valorando la oferta.

—Savannah, no me jodas.

Es un alivio que Levi decida acercarse a nosotros en este momento, recordándonos dónde estamos. A decir verdad, me había olvidado de la orgía que nos rodea, de la música envolvente y del olor a sexo. En cuanto a las máscaras, es la primera vez que me alegro de tener que llevarlas. Una forma sencilla y práctica de ocultar a los demás nuestros sentimientos.

—Pareja, ¿todo en orden?

Asentimos esforzándonos porque los movimientos de cabeza parezcan creíbles.

—Todo en orden, Levi.

Relajado, se sienta a nuestro lado y nos habla de su acompañante. Él nunca repite. No porque tenga una especie de código consigo mismo en el que volver a quedar con la misma persona sea un límite infranqueable, sino porque huye constantemente de las relaciones. Es un conquistador nato, pero no le juzgo. ¿Cómo podría hacerlo? Yo era así hasta que Savannah llegó a mi vida, consiguiendo que la perspectiva que tenía de lo que era importante cambiase. Ya no quería resumir mis días en trabajos inestables, en beber ni en salir de fiesta para tener sexo con la primera que me la tocase. Porque Savannah hizo que ya no quisiera pasar más por la vida de puntillas. De hecho, recuerdo que nuestro primer aniversario fue muy especial. Por aquel entonces ya había comenzado a obsesionarse con la comida, llenando el carro de la compra con productos integrales, bajos en grasas y ricos en fibra. Solo tomaba zumo de zanahoria o té verde por sus propiedades detoxificantes. La lista negra de los alimentos prohibidos iba encabezada por comidas procesadas, azúcares, gluten, lactosa y bebidas gaseosas. Pensaba que era maniática. No vi venir que, detrás de eso, lo que se escondía era un trastorno de conducta alimentaria. Con las bolsas llenas fuimos hasta su coche. Aunque era de segunda mano, estaba en buenas condiciones. Se lo había comprado con el dinero de los últimos trabajos, posando para diferentes catálogos de ropa y cogiendo algún que otro papel secundario o de figurante. Ese día, conducía su escarabajo rojo orgullosa mientras yo hacía de guía, indicando por dónde tenía que ir hasta que paramos al Oeste de la Comunidad madrileña y nos subimos al enorme globo que nos esperaba. Desde arriba se veían los encinares, las dehesas y los bosques de ribera. Fue una experiencia inolvidable, sobre todo cuando al bajarnos del globo me arrodillé con el anillo de pedida pulcramente colocado en una caja roja aterciopelada. Le pedí matrimonio con una sortija en la que había invertido todos mis ahorros, y no respiré hasta que dijo «sí, quiero».

Levi saca otra maldita tarjeta verde con las mismas letras doradas en relieve.

—¿Os animáis? Es para dentro de dos meses.

—No —digo rotundo. Savannah abre la boca para protestar, pero decide guardar silencio al ver mi expresión—. Esta vez pasamos.

—¿Por qué no lo pensáis? —Insiste, con una sonrisa socarrona.

—Te he dicho que no.

Parece incómodo ante mi tono hosco y no lo repite más.

—Como quieras, amigo.

Ayer discutimos, se nos fue bastante de las manos. Antoine Blanc volvió a ser el eje del problema. Quiero a Savannah muchísimo, tanto que a veces duele. Y creo que ella me quiere con la misma intensidad. Quizá por eso no supimos callarnos y la bomba, como era de esperar, acabó lanzándonos por los aires. Gritamos mucho, los dos, hasta que se fue sin mirarme. El portazo que dio al salir hizo que el marco de la puerta se desencajara, por lo que tuve que llamar a la casera. Como era de esperar, no se hizo cargo de los gastos que nuestra pelea había ocasionado, pero al menos llamó a alguien para que lo arreglara. Un hombre de cincuenta años que se presentó sin tardar. En un abrir y cerrar de ojos, el marco volvía a estar en su sitio y mi cartera había perdido setenta euros. Unas horas más tarde, Savannah volvía a casa. Todavía no sé a dónde fue en ese tiempo ni con quién estuvo, y tampoco me atreví a preguntar. Lo único importante es que había vuelto conmigo. Se desplomó en mis brazos y sentí que mientras estuviéramos juntos los dos estábamos donde queríamos estar.

—Más duro —exige.

—No.

Niego por tercera vez. Odio ver cómo su piel pasa de tener sarpullidos rojos a ronchas moradas. Y como si esto fuera poco, desde la última orgía noto que vuelve a obsesionarse con el tema del peso.

—He dicho que más fuerte.

Así es su forma de castigarse, de encontrar consuelo. Cuando algo no sale como espera, recurre a estos juegos grotescos. Los aborrezco. Saca un látigo de cuero y el dilatador anal. He tenido que recurrir de nuevo a la pastilla de viagra.

—No quiero hacerte daño.

Recorre melosa la línea de mi mandíbula con el dedo índice. «Todo está bien», insiste. Tumbada boca abajo, arquea la espalda. Estoy convencido de que cualquier depravado disfrutaría con esto, incluso una pareja normal si quisiera poner algo de sal a su relación en un momento puntual, pero yo no. No puedo. Por eso, cierro los ojos cuando golpeo su cintura con las finas tiras de cuero que cuelgan del mango. Con la otra mano, presiono el diamante falso que lleva como parte de la decoración el dilatador.

—Hazlo ya.

Sé lo que quiere cuando pronuncia ese par de palabras.

—Demonios, piensa en lo que ocurrió la última vez.

Había sangrado tras su empeño en que continuara con el sexo anal. Era una fisura pequeña, pero ahí estaba. Fue desagradable, como intentar meter una caja de cincuenta por cuarenta centímetros en un espacio de treinta por veinte.

—Te he dicho que lo hagas.

—¿Sabes cuánto te quiero? Lo que pides no es un acto de amor, más bien lo contrario.

Arrugo la frente con un dolor casi palpable que ella nunca ve. No quiero hacerlo. Incrédula, abre mucho los ojos. Como si negarme fuera algo que no acepta. Desde luego, pocas personas se atreverían a no cumplir sus oscuros deseos cuando la mayoría de los botones que lleva mi camisa blanca están desabrochados, dejando entrever dos exuberantes pechos, dos prótesis que resaltan en contraste con su delgado cuerpo.

—Pensé que te importaba hacerme feliz.

Volvemos a generar esa incómoda tensión que nos separa. Esa que cada vez se interpone entre nosotros con más fuerza.

—No creo que dependa de esto.

—Yo sí —asegura con desdén—. Antoine accedería si se lo pidiera. He oído que tiene unos gustos similares a los míos y, ¿sabes qué? Me gusta no sentir constantemente que soy un bicho raro. Como ves, Aitor, hay más gente que disfruta de… ¿Cómo lo has llamado? Ah, sí: «esto».

Se me encoge el corazón. En su boca las palabras toman forma de lanzas afiladas que me atraviesan el maldito pecho. Con desdén, pasea por la habitación sin mirarme antes de tirarse en la cama de costado. Sus piernas desnudas son un espectáculo, tan largas que parecen infinitas. La luz tenue de la lámpara crea formas abstractas en las paredes y el techo. Un calor sofocante envuelve la habitación, me arde la sangre y noto palpitaciones en los laterales de la frente. «Antoine accedería», «Antoine accedería», «Antoine accedería».

—Que te jodan, Savannah.

Dispuesto a irme, me dirijo fuera de la estancia. Estoy a un paso de la puerta, sin comprender cómo un comentario tan simple puede doler emocionalmente tanto. Decido salir antes de perder la poca cordura que me queda.

—A lo mejor lo hace —se regodea con mi camisa aún puesta.

Doy un puñetazo a la pared con tanta rabia que se me levanta la piel de los nudillos. Desquiciado, ando hacia un lado y hacia otro sin comprender por qué la persona que dice quererme me hace tanto daño, a propósito.

—¿Estás segura? —Voy hasta ella y sujeto con ambas manos sus mejillas. Un gruñido brota de su garganta cuando me inclino—. Dudo que ese viejo verde te haga sentir nada. Al menos, nada agradable.

Le quito la camisa a tirones, dejando al descubierto su plano estómago, sus pechos tersos.

—Si tú no puedes, alguien tendrá que hacerlo.

Tiro de su cabello sin medir mi fuerza hasta dejarla de rodillas en el suelo. La viagra hace que mi erección continúe inalterable y entro en ella sin miramientos, llevando sus delgados brazos hacia atrás e inmovilizando las muñecas en su espalda. Haciendo lo que ella quiere que haga.

—¿Esto es lo que buscas? ¿Esta mierda te hace feliz?

Gime alzando la pelvis involuntariamente cuando la penetro por detrás, flexionando las caderas.

—Sí, Aitor…

Alcanzo el látigo de cuero y gruño lleno de rabia. El siseo con cada nuevo azote hace que la piel se me ponga de gallina, pero Savannah no quiere parar. Pide desesperadamente que aumente la intensidad de los golpes y lleva la mano que tengo libre hasta su cuello.

—Deberíamos parar —advierto—. Esto va a terminar haciéndote daño.

—Aprieta más. —Coloca sus dedos sobre los míos como si no me hubiera escuchado y hace presión sobre ellos, consiguiendo una profundidad mayor al arquearse. La cara de placer que pone cuando su respiración escasea me provoca náuseas y tengo que cerrar los ojos para no echar la cena sobre ella.

—Basta. Tienes que parar.

Me empuja con las piernas y se las ingenia para acabar sobre mí. Continúa apretando mi mano en su cuello y mueve frenética las caderas.

—A pesar de ser un viejo verde, Antoine lo haría con mucha más fuerza de la que nunca tendrás tú.

«Antoine», «Antoine», «Antoine».

Mis ojos se desvían coléricos hasta su boca, donde dejo que los flecos colgantes del látigo caigan con estruendo sobre sus labios. Repito el gesto, esta vez en el interior de los muslos, con tanta intensidad que Savannah grita.

—¿Así? ¿Así te gusta?

Me odio cada minuto que pasa un poco más, por encontrar en esto la forma de canalizar mi rabia. Una rabia generada a conciencia en la que el agente de modelos no deja de estar presente. Maldito viejo verde.

—No pares…

Extasiada, presiona mis dedos sobre su garganta mientras continúo bombeando dentro de ella. Yo no siento placer, solo repugnancia. El látigo llena el silencio de la oscura estancia, iluminada tan solo por la discreta luz tenue. Las cuatro paredes parecen echarse sobre nosotros, asfixiándome a mí, no a ella, y los ojos se me van a la alfombra negra de terciopelo cuando un líquido nos envuelve. Odio esa alfombra. Cuando termina, entre jadeos, veo mucha sangre repartida por la parte interna de las piernas, moratones de la fusta sobre la clara piel y mis dedos marcados en su cuello.

Levi ha venido a por nosotros para llevarnos a urgencias. Me he puesto tan nervioso que ni siquiera conseguía calzarme los playeros, por eso, he considerado que conducir en un estado tal de desasosiego probablemente fuese una pésima idea.

El enfermero ha decidido separarnos por algún motivo que desconozco. Mientras examina a Savannah con la ayuda de una de las auxiliares me ordena, sin mucha educación, esperar en la sala colindante hasta que aparece el cuerpo policial.

—Documentación, por favor. —Pide el más alto.

—¿Cómo dice?

El compañero arruga el ceño. Sus cejas se juntan tanto que por un momento parece unicejo. A pesar de ser mucho más menudo que el otro, sus aires son altivos.

—¿Está sordo o no hablamos el mismo idioma? La documentación, ahora.

Estira la mano con soberbia.

—¿Por qué? —pregunto desde la calma, sin intención de caer en provocaciones. Intentando comprender qué hacen aquí, por qué quieren mi documento nacional de identidad y cuál es la razón por la que me han separado de ella. Soy yo el que tendría que estar dentro ahora, no Levi—. Tengo derecho a saber el motivo por el cual queréis que me identifique.

—Parece que nos ha tocado un listillo. Bien —procede tras poner en su cara una mueca de desagrado—, han avisado de un posible caso de abuso doméstico sexual.

—¿Cómo dice? —Le entrego el DNI con los labios fruncidos—. Está insinuando que… ¡Demonios! Eso es una falacia.

El mundo se me cae encima. A pesar de que Savannah desmiente las suposiciones del médico causadas por las marcas y el desgarro que presenta en el tejido delgado, explicando que la práctica sexual anal ha sido con pleno consentimiento y exigida por su parte, los policías continúan buscando un indicio de algo. Pero no hay nada, y tras muchas preguntas se van sin terminar de creer que algo así haya sido consentido.

—¿Te duele?

—Molesta, pero estoy bien. El médico ha añadido en la receta una crema cicatrizante. —Antes de salir a la calle se detiene en el pasillo, pesarosa. Levi nos espera serio en el interior del coche—. Siento lo que ha pasado, Aitor.

—No voy a volver a hacerlo, y esta vez lo digo en serio.

Subo por el lado del copiloto sin mirar a Savannah. Mi cara refleja con expresión tensa lo mal que lo he pasado y Levi ni siquiera hace preguntas. Se limita a llevarnos a casa, aunque imagino que pensará lo mismo que el médico y los policías. Pero me da igual. Que crea lo que quiera, no me importa. Solo quiero meterme en la cama, cerrar los ojos y olvidar.

Capítulo 8, Aitor

Savannah firmó hace meses un contrato con una marca de zapatos que, poco a poco, va consiguiendo posicionamiento en el mercado. En el grupo de figurante le han ampliado el contrato. Desde muy niña tiene claro lo que quiere. A ella le gusta la moda, el cine y el dinero. Sin embargo, tanto su familia como ella mantienen una economía tan básica como la mía. Incluso, en ocasiones, hemos dado dinero a sus padres para que puedan llenar el depósito de casa de gasoil. Su madre se molestó con nosotros; es tan orgullosa que, si por ella fuese, habría pasado el invierno entero sin calefacción. En un mundo lleno de apariencias, la racionalidad a veces escasea.

Estuvimos con ellos el jueves por la mañana. Tenía el convencimiento de que esta vez iba a funcionar, pero las decepciones continuaron siendo extremadamente grandes. A su padre le disgustaba que no quisiéramos contratar un autobús para llevar y traer a los invitados el día de la boda. «Hasta tu tía la del pueblo puso uno», repetía afligido Manuel. A Savannah no le importaba el dinero que su tía Romi hubiese gastado en la boda, por eso se limitaba a ignorar los comentarios desafortunados que hacía la familia. Y a su madre no le hizo gracia que dijéramos que la unión sería en el juzgado. Por lo visto, esperaba la típica ceremonia con los niños llevando las arras y la tradicional lluvia de arroz al salir de la iglesia.

Queda más de medio año para que llegue el día y ellos, en tan solo unas horas, habían conseguido quitarnos las ganas de celebrar nuestra boda.

—Mamá, ¿a qué primos segundos te refieres? Si lo dices por los que he visto dos veces en mi vida, no voy a invitarles.

—¿Cómo que no? Sois familia —insistía Pilar con gesto apesadumbrado.

—Por favor, déjalo ya. Me haría más ilusión ver al cartero.

—¡No digas tonterías! —gruñía su padre.

A diferencia de Pilar, Manuel levantaba constantemente el tono de voz.

—Al menos da los buenos días cuando trae el correo. ¿Puedo decir lo mismo de Pablo y Javier? No. Tema zanjado.

Me molestó que intentaran controlar y cambiar decisiones que nos pertenecen a nosotros, pero como era habitual, mantuve una postura basada en la educación y la calma. Además, Savannah se defendía ante sus padres muy bien sin mi ayuda, sin soltar el llavero que le regalé de plata, del que cuelga la mano de Fátima. Siempre lo lleva con ella, como si tocar esa figura le diese fuerzas cuando no las encuentra.

Hace una hora he recibido la tarifa del menú definitivo. Es sencillo, pero suficiente para saciar el estómago y la sed de los comensales. Formado por un conjunto de entrantes, el plato principal, bebidas y postre, admito que lo que menos gracia me hacen son los espárragos confitados. Prefiero el solomillo de ternera con mousse, pimiento dulce y queso gratinado. La finca que hemos elegido cuenta con una capacidad para ciento diez personas y el banquete será en el salón interior. Después habrá unas horas de barra libre en los jardines. Es cierto que nos habría gustado coger el autobús de ida y vuelta para la comodidad de los invitados, pero tenemos que ajustarnos al presupuesto. Por eso no habrá un cortador de jamón, cóctel ni DJ. Tampoco cientos de flores adornando los pasillos de la finca, solo unas pocas en la mesa del banquete. Andrea es una de las compañeras del trabajo de Savannah y se ha ofrecido a ayudarnos en la ardua tarea de recortar gastos. De momento ha conseguido que un amigo nos haga el favor de tocar con su grupo durante la barra libre. Su hermana pequeña, que acaba de terminar el Grado Medio de Fotografía, accede a hacernos el *book* gratis a cambio de que le demos los derechos de imagen para promocionar sus servicios. Maquillaje y peluquería corren por cuenta de las chicas de caracterización que se encargan de acicalar y empolvar a todos los del grupo de figurantes. Y las alianzas han sido un regalo de mis padres. Hay ratos, como este, en los que me gusta mirar los anillos e imaginar cómo será el «sí quiero». Me sorprende lo rápido que ha pasado el tiempo.

Algo que no echo de menos, es que ni el señor de la agencia de modelos ni Natalie han vuelto a suponer un problema. Después del susto de la fisura tuvimos una conversación seria: no más pastillas milagrosas, no más ayunos, no más Natalie ni Antoine y nada de relaciones turbias o fiestas de «esas». Necesitaba una relación normal: sin fustas ni orgías y sacar de nuestro entorno las malas influencias. Unas semanas más tarde, Savannah consiguió el contrato de imagen con varias marcas que conserva ahora. No pagan tanto como esperaba, pero supone un ingreso mensual que nos va bien. Con eso y los trabajos que voy consiguiendo, más lo que le sale de figurante, logramos pagar los gastos y ahorrar una parte de los sueldos en la cuenta conjunta con la que, hasta ahora, financiamos los gastos de la boda. Andrea y ella congeniaron desde el principio. Resulta gratificante que en su círculo haya una chica sana, sin obsesiones con su cuerpo y una alimentación adecuada. A veces viene a casa. Disfrutan de un descafeinado en la mesa de la terraza mientras ojean y comentan las últimas tendencias que aparecen en las revistas de moda. En un volumen de primavera, Savannah salía posando para una tienda de vestidos de dama de honor. Y si ahí estaba deslumbrante, no me imagino en la boda con el vestido de novia, el velo y la corona. Andrea se ha convertido en su mejor amiga. Incluso una vez consiguió que Savannah comiera un poco de tarta de manzana. La había comprado en la pastelería que hay por la Puerta del Sol. Fue el primer día que la vi llevarse a la boca algo con azúcar procesado, porque solo endulza los postres con trozos de dátiles o higos secos. Ambas son fanáticas de la moda y, en cuanto a Andrea, guarda un secreto que compartió conmigo en un día nublado: ella también ha pasado por un trastorno alimentario. Fue en su época adolescente y quizá eso explica por qué desde el principio han empatizado tanto.

Me alegra poder decir que la relación que antes llevábamos ha quedado atrás. Porque no había por dónde cogerlo. ¿Qué amor sobrevive a las malas formas, desacuerdos continuos, gritos e insultos? Ninguno. Era un desgaste constante. Devastador. Pero no es lo único que ha cambiado. Nuestro hogar también lo ha hecho.

A pesar de estar de alquiler, nos empeñamos en sentirlo más nuestro. Al fin y al cabo, es donde vivimos. Para ello compramos unas fundas con las que hemos tapado el viejo sofá. La casera no nos ha dejado sustituirlo por uno nuevo, dijo que sus muebles y todo lo que había en la vivienda cuando llegamos debía continuar intacto. Por eso, además de las fundas, nos hicimos con unos cojines blancos grandes y plantas de un verde muy vivo que incrementa nuestro bienestar. Como si el toque aceitunado en las habitaciones nos llegase en forma de buenas energías. La colcha de la cama también es diferente y los cuadros que decoraban las paredes, están guardados a tientas en el armario empotrado de la habitación para invitados. En su lugar hemos colgado varios lienzos que compramos la semana pasada en El Rastro. Lo mejor, es que ya no tendré que ver la alfombra de terciopelo negra ni la lámpara de luz tenue que iluminaba la estancia. Y que en nuestro hogar ya no hay sombras ni cabida para la oscuridad.

Es media noche. A nuestro lado, Andrea charla con Levi. Sus ojos brillan con una mezcla de ilusión y nervios. Lástima que él no tenga interés en relaciones serias. Savannah pestañea moviendo mucho las pestañas. En vez de pelos curvados hacia arriba, parece que sobre la línea de sus ojos lleva un abanico negro.

—Vamos a sentarnos aquí, así les dejamos solos un rato.

—Espero que Andrea esté al tanto de que Levi es un mujeriego. —Beso su mejilla.

—Lo está, te lo aseguro.

Todo queda ajeno a nosotros mientras estoy con Savannah, suspendidos en el aire como si el resto del mundo se desvaneciera a nuestro alrededor. Como si alguien tuviese el poder de coger el mando de nuestras vidas y detenerlas por unos instantes.

Levi y Andrea, en cambio, permanecen inmersos en alguna conversación picante que guardarán para ellos. Por eso ni siquiera se inmutan cuando Savannah tira de mí con prisa, obligándome a levantarme del banco en el que acabamos de sentarnos. Entre risas comedidas, acabamos ocultos en el callejón contiguo. Lo único que escuchamos es el ronroneo de un gato callejero. Come, con deleite, un esqueleto de pescado que ha sacado del contenedor verde.

Nuestros labios se unen deprisa, respiro su aliento y los cuerpos parecen tener su propia voz cuando se buscan con anhelo. Protegidos por la oscuridad de la noche, nos acariciamos y unimos en caricias, labios y dos pieles que se entienden con una impecable pleitesía. Porque, ¿qué son las pieles, sino lo que esconden debajo y habitan?

Cuando acabamos, sudorosos entre jadeos silenciados, saca de su bolso un cigarro.

—Creía que lo habías dejado.

—No es tan fácil —contesta con voz blanda, como si no estuviera orgullosa de caer otra vez en la adictiva trampa de la nicotina.

La beso con intensidad.

—Lo importante es que lo estás intentando, no te machaques.

Me estremezco al apreciar en su rostro una pequeña sonrisa. Sé cómo funciona su mente y lo mucho que puede llegar a obsesionarse cuando quiere cambiar algo de sus rutinas, incluso de ella misma. Ya le ha pasado con la comida, con los ayunos intermitentes y con las «milagrosas» pastillas adelgazantes. Así como con las prácticas sexuales donde solo buscaba placer a través del dolor. De la evasión.

—No te preocupes, lo tengo controlado.

Hace el suficiente aire para que algo tan sencillo como prender un pitillo resulte una tarea ardua. Savannah se da la vuelta, intentando conservar la llama candente, pegándose mucho a los ladrillos de la pared. Cumple su cometido cuando junto mis manos para impedir el paso del viento, prendiendo de una vez las hojas secas envueltas en el blanquecino papel de liar. Me cuesta desviar los ojos de la curva de su cintura mientras fuma. Erguida, la tela de la ropa dibuja fiel su silueta. Se asemeja a los relojes de arena, un cuerpo proporcionado y femenino, pero todavía demasiado enclenque, delgado, quizá raquítico.

Echa el humo, observando cómo se desvanece el color blanco.

—¿Qué pasa? —Da otra calada, con el rubor coloreando sus mejillas. Todavía azorada por lo que hemos hecho en el callejón.

—Nada —respondo con vergüenza.

—No dejas de mirarme —acusa, con una diversión mitigada por el papel que desempeña, triunfante.

Sabe el control que tiene sobre mí. Y el poder, solo suyo, de conservar mi corazón o estrujarlo hasta convertirlo en pequeños e insignificantes pedazos difíciles de recomponer.

—Es complicado dejar de mirarte.

Tira la colilla como si mi respuesta actuase de bálsamo y la adicción a la nicotina no tuviese cabida en este momento. La luz de la única farola que ilumina el callejón tintinea cuando me besa, lanzándose sin pudor a mis brazos. El que parece el propietario de uno de los bares sale a tirar basura por la puerta de atrás, gruñendo y blasfemando acerca de sus empleados. Nos agachamos para que no nos vea como dos adolescentes que se esconden de sus padres, estallando en carcajadas cuando regresa al interior del antro. Al ver que sus dientes castañean le ofrezco mi chaqueta, pero declina la invitación. Dice que no es lo suficiente *chic* para el conjunto que lleva.

Con un brazo por encima de su hombro, salimos despeinados de nuestro escondite provisional y nos sentamos en el banco en el que estábamos hace unos minutos. Cuando Andrea y Levi regresan, inmersa ella en los ojos de él a pesar de las advertencias, elegimos un bar con terraza fuera para acabar la fiesta.

Si han hecho algo, no nos lo han contado. Han desaparecido al mismo tiempo: él con la excusa de ir a pedir, ella alegando que iba a retocarse el pintalabios. Con independencia de eso, la noche ha terminado bien. Andrea no ha intercambiado el número con Levi, y Levi, el patán de las citas interminables, tampoco ha insistido. Porque él nunca repite. Lo único malo ha sido cruzarnos con Natalie. No paraba de decir: «Vas a tirar tu vida por la borda si continúas con esta gente», «Con la oferta que te había hecho Antoine, hay que ser estúpida», «Te arrepentirás, Savannah. Oportunidades así no se dan dos veces». No le importaba que yo estuviera delante cuando despotricaba ni disimulaba la acidez que mi presencia le causaba. Para Savannah, un trago demasiado amargo, difícil de encajar.

Capítulo 10, Aitor

Con un tocado de plumas en la cabeza, el conjunto de cuadros formado por una falda de tubo y una blusa holgada, mi suegra sujeta el bolso con esmero. Como si alguno de los invitados se lo fuese a quitar.

Los padres de Savannah han insistido tanto en que nos casemos por la iglesia que terminamos por cancelar la cita en el juzgado. En su día me dio rabia que las decisiones tomadas por nosotros no se estuvieran respetando, pero ¿qué más da? He comprendido que lo importante es la unión, que nos queremos y que vamos a celebrar nuestro amor por todo lo alto.

—¡Madre del amor hermoso! Mi hija va a sufrir un síncope cuando te vea.

—Pilar, ¿acabas de hacerme un cumplido?

Resulta gracioso que se sonroje con la misma habilidad que Savannah.

Pilar se desenvuelve hablando con mis padres y Úrsula, lo hace con tanta destreza que cualquiera diría que los conoce. Nadie pondría en tela de juicio que sea la madre de mi futura mujer, son dos gotas de agua. Aunque una mucho más transparente que la otra.

Esta mañana, Levi me ha ofrecido las llaves de su casa. Tiene menos años que yo y ya vive en un dúplex increíble. A él no le gusta, dice que continúa en él solo porque la zona es buena.

Me pregunto qué aspiraciones tendrá en la vida para desvalorizar de ese modo tal vivienda. A pesar de sus aires de triunfador, he accedido y agradecido el gesto. El novio no puede ver a la novia antes de la boda. No es que yo sea mucho de supersticiones, pero Savannah sí.

Pilar sale como una lagartija de entre la multitud que se ha concentrado en los portones de madera.

—Aitor, vamos a ir entrando. Manuel y Savannah estarán al caer, ya sabes lo que dicta el protocolo.

—Claro.

Con paso relajado, se adentra en la iglesia junto al gentío. A medida que los bancos de madera se van llenando de familiares, amigos y compañeros de trabajo, mi padre presiona los dedos sobre mis hombros. Espera junto a mi madre a que la entrada quede solitaria y, durante varios segundos, mantienen los ojos fijos el uno en el otro. Son la viva imagen de lo que es un matrimonio que se sostiene en las tres bases fundamentales: amor, lealtad y respeto. Con las manos temblorosas por la emoción, mi padre coloca con minuciosidad los gemelos en la camisa francesa que llevo de medio puño.

—No puedo aceptarlos. Los llevaste cuando te casaste.

Son discretos, elegantes. Lucen un grabado delante con la palabra *aeternus* en una caligrafía impecable, con letras curvas infinitas que se pierden en un trazo fluido.

—Y mira lo bien que nos ha ido. —Cierra el último con los ojos vidriosos. Su abrazo sabe a casa, a cariño y al amor que nace de una familia unida—. Ojalá seáis muy felices.

Se despide de nosotros antes de entrar a la iglesia con Úrsula, que ha preferido regalarnos este momento de privacidad aguardando en la puerta. Mi madre sonríe eufórica sin poder controlar los sentimientos que florecen en un día precioso. Está guapísima con el traje violeta. Es sencillo, adornado tan solo con un broche del mismo color en el dobladillo superior del chal. En su cuello cuelga el corazón que le regaló mi padre cuando se comprometieron, en el que grabaron la misma palabra que llevan los gemelos. Ni siquiera se lo quita para dormir.

—Es la hora.

—¿Ya? Demonios, estoy aterrado.

—Hijo, escúchame. —Apoya ambas manos en mis hombros—. Los nervios no son nada comparado con lo que sientes. El amor puede con todo, jamás lo olvides. Somos las vivencias que nos llegan y los recuerdos que prevalecen por encima del tiempo. Y eso nunca, nadie, te lo podrá quitar.

Me encojo sobre su pecho. Ella mece mi cuerpo con dedos hábiles al tiempo que coloca en su sitio dos mechones rebeldes que danzan airosos por mi frente. Me tranquilizo enseguida, como si sus palabras tuvieran un efecto sedante en mi organismo. Hace que cualquier dolor disminuya con rapidez, que las lágrimas desaparezcan y que los nervios pierdan fuerza a un ritmo vertiginoso.

—¿Preparado?

Alzo la vista al cielo despejado y cojo aire, dejándome envolver por las alentadoras palabras de mi madre. Al entrar en la iglesia, advierto cómo el bullicio se desvanece a medida que avanzo. A un lado se encuentra mi padre, arropado por el resto de la familia. Mis amigos y los del trabajo también han venido. Levi está entre ellos, sentado cerca de Úrsula. Siempre ha sido un chico diligente y oportunista.

Observo hasta el altar los altos techos. Son infinitos. Al lado contrario de mi familia, está mi suegra, acompañada de su hermana. Guarda sin disimulo un sitio en primera fila para cuando su marido, Manuel, entre del brazo de Savannah. Al resto de familiares ni siquiera los conozco. Me ocurre lo mismo con las chicas extremadamente delgadas que ocupan los últimos bancos; amigas suyas a las que nunca he visto o compañeras de oficio. A la única que reconozco es a Andrea, que luce con frescura un conjunto de color mango.

El coro se encuentra a la izquierda del altar. Y me tranquiliza que toquen la guitarra, pero más aún que comiencen a cantar. Tengo la sensación de coger aire tan fuerte que todos pueden escuchar mi respiración.

—Lo has hecho genial —susurra mi madre, antes de soltar mi brazo para sentarse.

En el transcurso del primer cuarto de hora los invitados lanzan miradas esperanzadoras. El cruce es continuo, evocador. Los gestos alentadores me recuerdan que también es tradición la tardía aparición de la novia. Me compadezco de los que alguna vez han estado en esta tesitura, conteniendo sobre los hombros una pila de nervios innecesaria.

Pasada la media hora, el cura ya no sabe qué decir para calmarme. Se llama Tirso, es un hombre mayor de carácter sosegado. Porta el traje eclesiástico que autoriza la Conferencia Episcopal con la tela litúrgica blanca, indicada para celebrar una unión matrimonial. Con la espalda levemente encorvada y la cabeza cabizbaja en un diáfano gesto de preocupación, mira sus manos rugosas. En cuanto a mis padres, están a punto de sufrir el síncope que antes mencionaba mi suegra.

Úrsula se levanta haciendo caso omiso a las miradas de los invitados, con la intención de convencerme de que cualquier imprevisto puede ser el causante de tal retraso.

—¿Crees que ha cambiado de parecer? —pregunto muerto de miedo.

Vislumbro, por cómo rehúsa de mirarme un atisbo de duda. Si tuviera que destacar algo de la mejor amiga de mis padres sería que no miente nunca. Es tan expresiva con los gestos involuntarios que se reflejan en su rostro, que le resulta imposible ocultar lo que siente o piensa. Quizá por eso se decanta por una respuesta neutral.

—Espero que no.

Aguanto unos minutos más de pie, fatigado por el ritmo del bombeo que mantiene desde hace rato mi corazón. La saliva pasa agria por mi garganta, lo que me hace carraspear. Con los dedos índice y corazón tiro sin disimular del nudo de la corbata para aflojarlo.

—¿Quiere que le traiga un poco de agua? —interpela Tirso. Baja del atril preocupado por mi aspecto, cada vez más desfavorecido.

—Se lo agradecería.

Aguardo inmóvil, asustado por si me fallan las piernas. Creo que no podría dar un paso aunque quisiera, porque noto las extremidades como si se me hubieran congelado, paralizadas con recelo por el propio peso de mi cuerpo que trasciende aletargado.

—Aquí tiene. Tómelo despacio, cada vez está más pálido.

Como si llevara días deshidratado, bebo hasta no dejar ni gota.

Afuera se oye el motor de un coche en la puerta. Impaciente, tiendo el vaso vacío al cura que, al igual que el resto de los invitados, vuelven la vista hasta la entrada. Una de las chicas que hace un momento ocupaba uno de los asientos del último banco se acerca a husmear. Regresa de inmediato a su sitio, alborotando al resto, apremiando el bullicio. Los movimientos ininterrumpidos de sus brazos, agitándose incesantes, no auguran nada bueno. Rumores que corren como la pólvora retumban en la iglesia. Son varias las personas que cuchichean: «Parece que la novia no quiere salir del coche», «Seguro que se ha echado para atrás», «Va a cancelar la boda». Mi afán por acabar con las voces es lo que me permite mover el cuerpo para salir y enfrentarme a la verdad.

Estoy a punto de cruzar la puerta cuando mi suegro aparece. Manolo me observa confuso, con las manos en los bolsillos y una gota de sudor resbalando por su frente. Él también se ha aflojado el nudo de la corbata.

—Lo siento, chico. No sé qué ha podido pasar.

Trato de mantener la calma, procesando las palabras con pesadumbre.

—¿Por qué no entra?

Ante tal silencio, esquivo a Manolo. Desde el portón, mis ojos se cruzan con los de Savannah. El vestido es de lo más abullonado. Las mangas son tan voluminosas que la del brazo izquierdo sobresale por la hendidura de la ventanilla del conductor. Su melena está recogida en una trenza infinita adornada con perlas en tono champán. Sentada en el escarabajo rojo, aprecio el brillo borroso que las lágrimas dejan en sus ojos. Tan agradecido como sosegado por su aparición, camino en dirección suya con la necesidad grabada en el rostro. Está tan guapa… Pero la curva de sus labios forma un amago de sonrisa que se desdibuja progresivamente acompañada de un gemido, justo antes de pisar a fondo el acelerador. Tras el golpe de realidad que me abrasa las entrañas, corro persiguiendo el coche cuando aprieta el pedal. Con cada zancada, mi corazón late más fuerte, desesperado por alcanzar lo imposible aun sabiendo que es inútil, que es absurdo pretender llegar al escarabajo rojo que se pierde al final de la calle. Cada vez más pequeño, más lejos, hasta que desaparece de mi campo de visión sin dejar rastro. Obsequiándome con un vacío demasiado intenso, demasiado duro, demasiado demoledor.

—¡Espera! ¡Savannah, por favor! —Grito hasta quedar exhausto, famélico, desgañitado. Pero es inútil. Ella ya no está, ya no me oye, ya se ha marchado. Por eso, vago pegado a la acera, incapaz de reaccionar. Ahora el cielo es mucho más gris, más triste, más nuboso.

Al entrar en la iglesia, Tirso me recibe al lado de mi madre, de mi padre, de Úrsula, de Levi… Familiares y amigos esperan con cara de consternación las malas noticias desde un absoluto respeto. A diferencia de los invitados de Savannah, que han quedado reducidos a insólitos bancos vacíos, excepto Andrea, que se acerca a mi círculo con rostro compungido.

—Se supone que hoy iba a ser el día más feliz de mi vida —dejo de hablar para no romperme antes de continuar—. No se va a celebrar ninguna boda. Os ruego que me disculpéis, pero necesito estar solo.

Entre murmullos y expresiones perplejas, la gente abandona la iglesia sin salir de su estupor. Los más allegados me dedican palabras de consuelo antes de marcharse, como si eso pudiera mitigar el daño ya hecho, recomponer un corazón destrozado o unir los pedazos. Levi se mantiene un poco al margen, pensativo. Andrea, a diferencia de él, me envuelve en un reconfortante abrazo. Úrsula no necesita decir mucho, su rostro es tan transparente como un libro abierto.

—Llámame cuando lo necesites. Sea la hora que sea.

Si algo me duele por encima de mi propio sufrimiento es ver las caras demacradas de mis padres, sumidas en el más profundo sentimiento de tristeza. Tras despedirnos de Tirso, les pido que me lleven a casa con la tonta esperanza de encontrarla, de que se haya arrepentido. Pero allí no hay nadie. Tampoco su ropa ni sus cosas. Su teléfono ya no da tono cuando llamo y sus padres hacen como si yo no hubiera existido, incluso tengo la sensación de que sienten alivio. Solo queda de Savannah el casco que compré en su último cumpleaños. Ese que apenas se ha puesto un par de veces. Ahora la casa parece el doble de grande, y es esa amplitud la que me ahoga, la que se me echa encima con un peso desorbitado antes de sumirme en la más absoluta oscuridad.

Tardé semanas en comprender que no volvería. Durante un tiempo me mataron los interrogantes, las preguntas sin respuesta, los quebraderos de cabeza. ¿Por qué no entró en la iglesia? ¿Por qué se fue? ¿Se dio cuenta de que no me quería o el miedo hizo que tomara una decisión cobarde? Quizá no me haya querido nunca. O quizá me quisiera tanto que le asustó la idea de entregarse a una sola persona. No lo sabía y, a decir verdad, ni siquiera contaba con descubrir el motivo por el que me dejó tirado en la iglesia. Hasta que meses más tarde, tuve que detenerme en un pequeño quiosco para leer, atónito, el titular de una de las muchas revistas de cotilleo que abordaban los expositores: «Antoine Blanc y Savannah Sáez hacen pública la fecha de su enlace».

—Eh, chico. Para leer hay que pagar.

Le tendí un billete al vendedor sin levantar la vista de las páginas, de la imagen, del titular. Continué andando como un zombi, sumergido en las letras del artículo y en lo que estas contaban.

En la foto aparecían los dos muy juntos, agarrados, tumbados en la arena de una isla paradisíaca con un cóctel lleno de diminutas sombrillas coloridas, mesas de madera con fruta y un anillo de compromiso con un diamante del tamaño de un garbanzo.

Exclusiva: Antoine Blanc y Savannah Sáez hacen pública la fecha de su enlace

No es la primera escapada de la pareja ni un secreto que la química surgió entre ellos desde el día que la joven entró en la agencia del exitoso agente francés. Tras conseguir un hueco en la Fashion Week de Nueva York, París e Italia, los seguidores en redes de la despampanante futura mujer de Antoine se han multiplicado hasta superar los dos millones. Al principio, ambos decidieron llevar su relación de manera discreta, hasta que viajaron a la Costa del Sol y posaron juntos en la alfombra roja. Savannah Sáez, continúa participando en los rodajes como figurante y asegura que se está formando para acceder, algún día, a papeles más relevantes. Antoine, recostado en la blanca arena de las Maldivas, revela que su amor por la joven fue a primera vista. El enlace será en septiembre y, de momento, son seiscientos los invitados que ya han confirmado asistencia a uno de los eventos que más ruido están haciendo este verano.

Julia y Aitor

En la ciudad cosmopolita

Capítulo 11, Julia

Es bueno, muy bueno. Y ella también. Esas son las conclusiones que saco en claro tras cuatro horas camuflada entre las sombras, escondida bajo la visera de la gorra y arropada por una Úrsula inagotable que domina cada paso en escena. Para alguien ajeno al mundo del espectáculo como yo, esto supone un universo comprimido en el ridículo espacio de una cantimplora.

—Lo hacen tan bien que parece real.

La directora finge una risa jocosa convencida de que todavía pueden mejorar. Ariadna está despampanante con el vestido pomposo que le han puesto para la última escena: corsé ajustado, pechos firmes y piernas interminables que se entrevén con sutileza al andar gracias al vaivén de la tela. Aitor viste camisa vaquera y la mitad de su torso permanece al descubierto con un aspecto canalla, desaliñado y seductor. En la toma, el personaje de Keira entra en acción colándose por la ventana que da a los baños masculinos de una gran mansión. Allí, uno de los peces gordos, celebra la fiesta más importante para la flor y la nata de la sociedad. Él, desempeñando el papel de Patrick, descubre a la ladrona irlandesa cuando esta cae desde la altura de dos metros en sus brazos. Con una respiración que comparten acompasada, el escote de Keira sube y baja casi tocando la nariz de su salvador. Es la séptima vez que se graba esta escena.

—Estás clavándote las uñas —advierte el guionista.

Digiero el amargor del momento. Esto no es real, son actores, y los actores actúan. Lo repito como un mantra hasta que veo mi piel levemente levantada en la zona de las palmas. Si no hubiera recibido un toque de atención seguramente me habría hecho sangre, porque cuando tu última pareja no te quiere como mereces, el sentido común se resquebraja. Y Elías lo ha conseguido conmigo. Lo peor es saberlo, ser consciente de lo ridícula que es la situación o que esta carece de fundamento. Y es que parece que querer sin haber curado tiene consecuencias: las tiritas caen antes de tiempo y en vez de cicatrices quedan huecos. Huecos que se llenan deprisa, sin razón. Huecos que, con delirante facilidad, se rajan asustados sembrando desconfianza, resentimiento y achares que suponen verdaderos duelos.

Guardo las manos en los bolsillos, ocultando las marcas que las uñas han dejado en mi piel antes del aplauso general que se contagia entre los actores, el equipo técnico y todo aquel que participa en la serie. Ya sea delante o detrás de cámaras, dando por finalizada la jornada. Aitor se ha cortado antes de acabar con uno de los cristales que se hacían añicos en la escena de la ventana. Le atiende un hombre joven después de abrir el botiquín que porta en un pesado maletín blanco.

—Es un raspón de nada. —Se despide con un ligero movimiento de cabeza, cogiendo la cajetilla dorada de la que saca uno de sus cigarrillos—. Ponle las pilas, Aitor necesita un toque de atención.

Sin más, Úrsula desaparece. El enfermero limpia la herida en pocos minutos y recoge todo con meticulosidad tras tapar el corte con una gasa humedecida en antiséptico. Tengo la sensación de que es una persona dedicada cien por cien a su trabajo. Lo veo en la agilidad con la que se desenvuelve, en su manera de limpiar con pulcritud los utensilios y en el cuidado con el que vuelve a guardar estos en el botiquín que porta en el maletín.

Cuando la gente se dispersa, me agazapo unos pasos tras ellos bajo el anonimato de la gorra. Escucho a Ariadna preguntarle por la herida, él en respuesta mueve el brazo con indiferencia, restando importancia al corte. Seguramente esta no sea la mejor forma de aparecer después de todo, pero los nervios, a veces hacen que hagamos tonterías.

—Perdone, ¿me firma un autógrafo?

Solo se gira Ariadna.

—Claro —responde con amabilidad al verme—, ¿eres del equipo de rodaje?

—Uhm… No. —Esquivo su silueta y me apresuro a seguir al único hombre que me ha hecho vivir siete vidas—. Aitor Montiel, ¿me firma un autógrafo?

Esta vez toco su hombro con el dedo índice. Esta vez se gira. Esta vez nuestras miradas se cruzan, se reconocen y se atraviesan con la intensidad de un rayo en plena tormenta eléctrica.

—¿Julia?

Noto que contiene las ganas de abrazarme, inseguro, y que el miedo a hacer algo mal le detiene. Por eso soy yo la que se echa a sus brazos, la que se pega con suavidad a su cuerpo y la que besa su mejilla aguantando la respiración muy cerca de su boca. Por mucho que imaginemos cómo se desarrollan los hechos, lo que queremos decir o los límites impuestos, las cosas no suelen salir como se planean. Y para muestra un botón llamado Julia García, rendida de puntillas a una calidez acogedora.

—Perdóname —susurro sin separar mi cabeza de su pecho, que sube y baja, henchido—. Tenemos que aclarar muchas cosas, tenemos que confiar no en ti o en mí, sino en nosotros. De hecho, tenemos tanto pendiente que no sabría por dónde empezar, pero antes de todo eso necesito decirte que lo siento, que no debería haberme ido de la fiesta de esa forma ni haberte juzgado como lo hice. Y que me siento fatal por haber desaparecido de tu vida por miedo.

—Estás aquí, es lo único que me importa.

Se muestra contenido, como si le paralizase la ínfima posibilidad de que nuestro reencuentro se estropease y yo pudiera, en consecuencia, volver a desaparecer. Con manos temblorosas y notando que hunde la nariz en mi cabello, rozo sus labios al tiempo que deslizo mis dedos alrededor de su cuello.

—Parece que te llevas algo más que su firma.

La interrupción de Ariadna va acompañada de miradas cómplices, pero no de las que apagan alarmas, sino más bien de las que encienden fuegos, lluvias y ráfagas. Es imposible no percibir una sensación inquietante mezclada con nerviosismo al notar entre ellos cierta complicidad.

—Julia, ella es mi compañera. Interpreta el papel de Keira.

Cojo aire antes de dar dos besos a la actriz de piernas infinitas, ahogándome cada vez un poco más. Asaltada por las dudas.

—Voy al camerino a cambiarme —comenta sin mucho entusiasmo—, me han invitado a un restaurante que inauguran a las diez. Ya sabéis, de esos en los que abundan los cubiertos y escasean los alimentos.

—Sí, los frecuento a diario —añado irónica, a lo mejor un poco molesta.

—¿Os apetece venir?

La pregunta, aunque se formule en plural, va directamente a Aitor. Incómodo, observa cómo en mi rostro se mueve poco a poco una de las cejas, hasta quedar esta completamente arqueada.

—Quizá otro día. —Pasa su brazo por delante de mi cintura, atrayéndome más hacia él.

—Entiendo, pasadlo bien.

No sé si es por sus ojos tristes o por la media sonrisa forzada que nos dedica, pero percibo que la estrella del cine está jodida. Que aunque sus poros brillen de cara a la galería, su corazón late al mismo ritmo que cualquier otro. Y que esta noche no quiere ser un simple objeto mediático ni acabar como carne de alce en medio de una manada de lobos.

Antes de cruzar la puerta del camerino se quita los pendientes, como si llevar esas sortijas de pocos gramos pesaran de repente cinco kilos al colgar de sus orejas. Admito que no podría explicar por qué lo sé, pero la actriz de físico exótico se siente sola. Y sentirse sola en la ciudad más cosmopolita rodeada de focos debe ser horrible.

—Ariadna, ¡espera! —Tiro de la manga de su vestido—. ¿Me prestas algo de ropa? Nunca he ido a un restaurante de cinco tenedores.

Quería con todas mis ganas tener «esa» conversación pendiente, entender el pasado de Aitor y con ello sus demonios, borrar estas últimas semanas que he pasado confinada en el piso. Quería olerlo, que me hiciera el amor, dormir con sus brazos sobre mi piel desnuda. Y quería despertar como otras veces: tarde, despeinada, encontrarlo en ropa interior danzando por mi cocina. Pero he antepuesto la felicidad de una desconocida a la mía, porque sé lo feo que es sentirse sola.

Aitor besa mi frente. Nuestra conversación puede esperar unas horas.

—¿Lentejuelas o flecos? —pregunta.

Está claro que no es la persona más expresiva del mundo, al menos de primeras, pero el brillo de sus ojos habla por ella.

—Lentejuelas.

Capítulo 12, Julia

Aunque los destellos de las cámaras van dirigidos a Ariadna, me resultan molestos. Pasamos al interior del restaurante viendo chiribitas, provocadas por el exceso de luz, hasta que llegamos a una mesa larga en la que hay varios personajes públicos sentados: el cantante de un grupo *pop* que hace poco ha marcado tendencia, la presentadora de un *reality show* emitido en los nuevos canales de pago, un agente de modelos y su mujer; promesa de la moda, figurante e *influencer*...

El camarero venera a Ariadna desde que tomamos asiento. Repite continuamente lo mucho que disfrutó viéndola representar el papel de Emmie Lavelle. Y cuando la guapa actriz accede a hacerse una foto con él, el chico flota por encima de las nubes.

—Gracias, gracias, gracias. ¿Qué desea tomar?

—Vino, por favor —responde con una sonrisa afable.

Nosotros pedimos lo mismo.

—Estupendo. Si me permiten una recomendación, no se vayan sin probar el plato estrella: huevo trufado con crema de alcachofa.

—Lo haremos. —Erguida en la silla, se inclina para saludar a algunas de las personas que hay sentadas con nosotros—. Eider, ¿qué tal va el disco? —Se gira hacia la presentadora con elegancia—. Inma, te veo estupenda. —Habla un par de minutos con ella antes de saludar al matrimonio del fondo—. Antoine, Savannah. Cuánto tiempo, ¿cómo estáis?

Aitor se gira de manera tan brusca que hace trastabillar al camarero. La botella que sostiene cae al suelo haciéndose añicos y el líquido rosado del interior salpica cortinas, paredes e incluso la ropa de algunos invitados. Está tan pálido que parece un cadáver.

—Cuánto lo siento, enseguida limpio este desastre.

—Tranquilo —digo al chico que se ha hecho la foto con Ariadna. Al ver que Aitor no reacciona, me levanto para ayudarle—, no ha sido culpa tuya.

Se apresura hasta la cocina para coger el cepillo, la fregona y un recogedor. En ningún momento pierdo de vista a la mujer del agente de modelos. Ni a Aitor, que aprieta la mandíbula con desmesura, tan fuerte, que puedo escuchar el sonido provocado por el roce de sus muelas chocando entre sí. Los ojos de Aitor vuelven a cruzarse con los de ella. El sufrimiento se refleja claramente en ellos. Por eso, dejo mi intuición a un lado, dando paso a la certeza. Es ella.

—¿Dónde vas? —pregunto, sin saber muy bien qué hacer.

Se levanta de forma brusca, sudoroso y con manos trémulas. Como si su cuerpo se hubiera convertido en un flan. Frágil. Tembloroso.

—Necesito tomar el aire.

Toca mi hombro antes de marcharse. Aunque me muero de ganas de ir tras él y abordarlo con las miles de dudas que se me acumulan en forma de preguntas, permanezco inmóvil.

—Eh, ¿qué haces? Te vas a cortar —Ariadna se reúne conmigo para recoger parte de los cristales.

La miro sin un ápice de lástima. A lo mejor, hasta con algo de rabia.

—Pensaba que no tenías a nadie con quien venir, que estabas sola en la ciudad más cosmopolita.

—Oye —El desconcierto al percibir mi tono sarcástico encabeza su rostro—, no tenía con quién. Estos no son mis amigos. Hemos coincidido en estrenos, fiestas y compromisos de este tipo, nada más.

—Perdona.

Suavizo el tono. Las casualidades existen, incluso las más desafortunadas. Pero eso no es culpa de Ariadna, ni de nadie a decir verdad.

—¿Qué le pasa a Aitor?

—Ven. —Tiro de ella, quedando las dos de rodillas en el suelo—. Creo que la mujer de Antoine es su ex.

—¿Ex de quién? Espera —abre la boca, sorprendida. Como si necesitase tiempo para procesar la información—, ¿Aitor y Savannah? Por eso...

—Sí.

El camarero termina de recoger los cristales del suelo y nosotras volvemos a nuestros asientos. Me fijo en la exquisita decoración para distraerme, en el pulcro orden con el que se han colocado los cubiertos sobre la mesa y pido a uno de los chicos que traiga tres copas de vino bien cargadas. Cuando nos las sirven, inclino la cabeza hacia atrás para dar un generoso trago. Aprovecho para mirar a Savannah con disimulo. Su estilo me parece sencillo, sofisticado. Creo que es el tipo de persona que no desentonaría sobre una alfombra roja. Versátil, luce una coleta baja, con raya en medio estilizando su rostro, de manera que el poco maquillaje que lleva tome protagonismo realzando sus pestañas, el labio superior y la punta de la nariz, desprendiendo a su vez un aire fresco. Juvenil. Con discernimiento, mira reiteradas veces la silla que ha quedado vacía a mi izquierda. Nerviosa, retuerce la servilleta de tela. Y fuerza, sin mucho éxito, algún acercamiento con su marido Antoine.

Ariadna vuelca todas sus energías en darme conversación, en la búsqueda activa de temas que puedan generarme interés. Lo hace con el objetivo de distraerme. Admiro y agradezco su perseverancia a partes iguales. Las inseguridades que pudiera haber tenido hacia ella en el lugar de rodaje han pasado a un plano tan secundario que se han vuelto inexistentes. Invisibles.

Aitor retira la silla para sentarse, su rostro ha recuperado parte del color. Las patas rechinan al ser arrastradas por el suelo. Él parece sereno, recompuesto, aunque su expresión continúa seria. Discreta, observo que «ella» le busca continuamente con la mirada. Y por el matiz de sus ojos, asentados tras las espesas pestañas, sé que ahí queda algo. Algo como que en el fuego que encendieron sobreviven algunas ascuas, algo como que todavía lo desea. No, no solo lo desea, también lo anhela. Y creo que le sigue queriendo, lo que me provoca una incómoda punzada en el pecho.

Nos sirve el chico de antes. Aitor prueba el huevo trufado con alcachofa y coloca una de sus manos sobre mi mentón. Una caricia suave e íntima que me relaja. Me doy cuenta del esfuerzo que hace para unirse a la conversación que mantengo con Ari. A pesar del esfuerzo, hay muchos momentos en los que permanece callado, ausente, como un cuerpo vacío sin nada que ofrecer.

—Es tu ex, ¿verdad?

Las palabras salen de mi boca con impaciencia. Él ni siquiera levanta la vista del plato cuando contesta, con los labios curvados y el ceño arrugado.

—Para mí no es nadie.

Nos miramos unos segundos. El sentimiento de culpa me azota al ver sus ojos enrojecidos. De un trago, bebe el contenido de la copa. Quiero acercarme a él, besarlo y decirle que sea lo que sea que haya pasado entre ellos, podemos superarlo. Que yo no le voy a fallar, que seguiré estando a su lado. Que, como me dijo en su día: «Esa persona no merece ni un minuto de su tiempo, ni un berrinche, ni la resaca que tendrá mañana».

—Me ha costado mucho salir del agujero negro en el que me encontraba, y si lo he conseguido es porque no creía que tuviera que volverla a ver. Julia, para mí es como si estuviera muerta.

—Aitor... No puedo cambiar tu pasado, pero sí puedo hacer que tengas infinidad de momentos nuevos. Momentos bonitos que merezca la pena recordar. Y que te hagan olvidar lo que has sufrido.

Observa sus manos abiertas todavía trémulas, obligándose a ahuyentar del presente una relación que no fue bien. Por última vez, mira a Savannah con el semblante cargado de reproches y desprecio, antes de echar la silla a un lado con marcada indiferencia. Y girándose de forma que su espalda sea lo único que ella pueda ver de él. Coge mi mano cuando se levanta, a ojos de todos, acercándose a Ariadna.

—Siento dejarte con los buitres —le dice—, pero tenemos que irnos. Nos vemos mañana.

Sin más, coge el chal y tira de mí . Savannah hace ademán de incorporarse, un impulso que no pasa desapercibido para Antoine. Sin embargo, rectifica a tiempo. Y yo puedo notar sus ojos clavados en mi espalda.

El pecho de Aitor crece.

Ya en la calle, inspira una larga bocanada.

—Creo que ha llegado el momento de que conozcas mi pasado. —Su voz tiembla—. Aquello que emborronó los últimos años de mi vida. Una vida en la que no era yo, pero existía. Y en la que admito que pasó por mi mente la idea de dejar de hacerlo, de encontrar la forma con la que poder descansar para siempre. —Retira la manga de la camisa y se quita el reloj, dejando entrever una fina línea que sobresale con algo de relieve. Un relieve que esconde mucho dolor tras un corte seco, en diagonal—. Porque te prometo que un día deseé con todas mis fuerzas estar muerto.

Capítulo 13, Aitor

La desazón de Julia desde que ha visto la cicatriz es desoladora. Con los ojos hinchados, deja el cuerpo caer en el sofá de su casa igual que quien tira un pesado saco.

—¿Tanto la querías?

—Mucho —respondo con un hilo de voz.

—Si hiciste eso… Debió ser muy intenso.

Las palabras salen de su boca en forma de susurros, como si cada bocanada resultase un esfuerzo sobrehumano. Otra lágrima surca la curvatura prominente de su pómulo. Medito sin saber cómo explicar lo que pasó en ese momento por mi cabeza. Los motivos que me llevaron a ese pozo del que no sabía que se podía salir. Esa noche, había pasado horas conduciendo la moto. Dando vueltas por la ciudad con el único objetivo de encontrar una razón, una sola que lograse hacerme cambiar de idea, una que me mostrara el sentido de la vida o de lo que quedaba en este mundo de la mía. La situación me abrumaba, no me sentía capaz de hacer frente a los días. Cosas cotidianas como ir a trabajar, hacer la compra en el supermercado o en la tienda del barrio me agobiaban. Continuar con la rutina suponía un duelo constante, regular. Lo peor era coincidir con la gente: «¿Cómo estás?», «Me han contado lo de la boda», «Es mejor estar solo que mal acompañado», «¿Lo llevas bien?». Demonios, ¿quién llevaría bien algo así? La única persona a la que quería por encima de mí mismo me había plantado en el altar e iba a casarse con alguien que, por edad, podría ser su padre.

—Sí, lo fue. La quise tanto que me perdía sin ella. No aceptaba que su presencia perteneciera al pasado ni que esa soledad mortífera fuese algo a lo que tuviera que adaptarme. El tiempo pasó de escaparse entre mis dedos a convertirse en un fenómeno ineludible, cada vez más lento.

Se quita los zapatos. Sube los pies en el mullido asiento y toca, con la yema de los dedos, el relieve de la cicatriz. Afligida, sorbe en un par de ocasiones por la nariz.

—¿Cómo te hiciste el corte?

Trago saliva. Ese recuerdo todavía me deja un sabor amargo. El momento en el que decidí no continuar más aquí, para entregarme al descanso.

—Con la navaja de afeitar. —Bajo la vista al suelo—. Me negaba a que mis días fueran un tormento. Deseaba estar en paz, poder olvidar lo que había ocurrido. De hecho, no era la primera vez que lo hacía. En otras ocasiones, había cogido el cuchillo afilado de la cocina, pero solo lo miraba. Luego me sentía un cobarde por no atreverme a hacerlo, hasta que los vi en la portada de esa maldita revista anunciando su compromiso. —Acaricio los mechones rojizos que cuelgan por sus mejillas, mientras visualizo esa noche en mi mente—. Puse la música lo más alto que pude con el propósito de no oír mis pensamientos, llené la bañera de agua caliente y bebí hasta casi perder el conocimiento. Cuando miré la navaja ni siquiera vacilé. Fue un único corte en diagonal, seco. Por lo visto, demasiado profundo para que la sangre brotara, pero no lo suficiente como para romper las venas en su totalidad. Ese día no había ido a trabajar, tampoco podía responder las llamadas porque había estrellado el teléfono contra la acera después de leer el titular del enlace. Úrsula había intentado contactar varias veces conmigo porque no me digné a ir a la filmación en la que trabajaba de figurante. Y ella empezó a alarmarse. Por eso entró en mi casa con la copia de las llaves que tenía por costumbre dejar bajo el felpudo, por si un día las de dentro se me olvidaban.

—Tranquilo.

Coge mi mano, respetando la pausa que realizo antes de continuar.

—Me encontró inconsciente en la bañera, junto a un abundante charco de sangre que precedía a mi muñeca. Jamás le dije el motivo por el cual había intentado quitarme la vida, y ella no me lo preguntó, aunque intuyo que lo sabía. Me hizo un torniquete para que dejara de sangrar mientras llegaba la ambulancia.

—¿Y tus padres?

—Les dijo que había sufrido un accidente doméstico cortando jamón, para acreditar la venda que cubría mi muñeca. Me desperté en el hospital desorientado, muy cansado. Lo primero que le dije, es que me arrepentía de haber hecho algo tan estúpido. Nadie debería quitarse la vida porque no haya salido bien su relación.

Ante su silencio, se me acelera el pulso. Se yergue para que nos quedemos frente a frente y me envuelve en un abrazo reconfortante. Cálido. Y siento que renazco en sus brazos, consiguiendo que el pasado se emborrone un poco, difuminándose, perdiéndose en un tiempo que no debería haber sido.

—¿Sabes? —Sonríe. Me perdería sin dudar en la curva de su comisura—. Me alegra que Úrsula llegase a tiempo, pero por encima de todo, me gustaría decirte que estoy muy orgullosa de ti, porque veo el hombre en el que te has convertido. Siento haberte prejuzgado en la fiesta de las máscaras. Y siento que hayas tenido que pasar por cada uno de los momentos que me has contado. Ojalá el tiempo haga que un día ya no te duela.

Coloca las palmas de las manos en mi rostro. Sujeto su mentón para embriagarme de ella: de las pintitas amarillas de sus ojos, de las palabras, del aroma de su piel, de esos gestos casi imperceptibles que realiza con cada mueca. Y me dejo llevar en ese tacto suave como la seda y en esas miradas que hablan más alto que la voz.

—Eres todo lo que necesito, Julia.

Apoya la cabeza en mi hombro.

—No me necesitas en absoluto, ni yo a ti .—Sus labios cada vez están más cerca de los míos—. Solo encajamos como pocas personas lo hacen, lo que nos convierte en polos. Mira —dice, subiendo la manga del vestido, dejando entrever que tiene la piel de gallina. Cuando retira la mía, compruebo que está igual. Que el cosquilleo que me sube hasta la nuca es tan real como nosotros—. Nos atraemos con más fuerza que la carga negativa y la positiva. Somos esos signos que confirman la ley de la atracción. Una fuerza invisible. Invicta.

Lo que dice se mezcla con mi respiración entrecortada, con el subir y bajar de un pecho henchido, con el cosquilleo que agolpa un estómago que antes estaba lleno de corazas. Es entonces cuando entiendo que las personas como Julia no necesitan de nada ni de nadie, que simplemente dejan ser y son, que saben ver el lado bonito de las cosas y transmitirlo. Y comprendo, también, que la reciprocidad a veces no es meditada. Simplemente surge. Porque quizá yo le haya mostrado que es posible vivir tantas vidas como queramos, pero ella ha conseguido algo extraordinario: ha conquistado lo que antes era un frío y resquebrajado corazón. Un corazón que se abre en su totalidad cuando se inclina hacia delante para besarme. Porque, a pesar de conocer a la perfección el sabor de su boca, la suavidad de sus labios me sorprende. Las manos me sudan, el estómago se convierte en un concierto de aleteos, mis fosas nasales se abren y contraen cada vez que inspiro el olor de su piel, su ropa, su cabello. Nos enredamos como si fuésemos una maraña de cables, un ovillo de lana, como las zarzas de los rosales en las telas. Somos dos pieles que se entienden en la cercanía.

Incapaz de contenerme, alzo su cuerpo en el aire como si levitara. Respiramos a la vez, entrecortados, entre suspiros, juntando nuestras frentes, manos y bocas. Las lenguas se encuentran al tiempo que las prendas van cayendo. Julia se levanta con la respiración agitada y me guía por el pasillo hasta llegar al dormitorio. En su mesilla, encuentro pañuelos arrugados, una botella de agua y la foto impresa de uno de los días que salimos con la moto. Recuerdos y lágrimas que la han acompañado en una ausencia que a los dos nos ha hecho daño.

—Ojalá no me faltes nunca —ruega en forma de súplica—. Ojalá lo que tenemos brille tanto como las estrellas. —Caemos con suavidad sobre el colchón—. Ojalá esto dure para siempre y cada día nos miremos como lo hacemos ahora.

Con mucha delicadeza, vuelvo a posar mis dedos en su mentón. Parece asustada cuando me mira, nerviosa quizá. Pero hay un momento de silencio que dice más que todas las cosas. Un silencio en el que nuestras miradas se cruzan. Donde los corazones se entienden.

—Estaría loco si no lo hiciera.

Nuestras lenguas vuelven a unirse, frenéticas.

Julia y Aitor

La vida de estrella cineasta, años despúes

Capítulo 14, Julia

La fama desde fuera resulta atractiva, pero no lo es. Aitor y yo, todavía mantenemos nuestra relación en la oscuridad de las sombras. Incluso celebrar nuestro aniversario resultó un desafío. Que hubiese reporteros buscando al actor estrella debajo de las piedras no lo hacía fácil.

Los personajes de Keira y Patrick subieron como la espuma entre los espectadores durante la emisión de la segunda temporada. ¿El motivo? Los simpatizantes. La primera fue a pique por una audiencia cada vez más reducida. Hasta se valoró la posibilidad de recurrir a un final forzado para poner fin a la serie, pero no hizo falta. Desconozco quién fue la persona que dijo: «En los peores momentos el amor renace». La cuestión es que dio en el clavo y esas palabras derivaron en un cambio improvisado sobre el guion cinematográfico, dando paso a la sensacionalista muerte del personaje ficticio de Patrick, dejando en escena a una Keira rota. La ladrona irlandesa más buscada de la ciudad regresó a su tierra natal, para cumplir la promesa que había hecho al único hombre al que había amado: empezar de nuevo. Sin robos, muertes ni sufrimiento. Ese último capítulo tan inesperado lanzaba a gritos el mensaje de que, al final, para una ladrona lo menos importante acaba siendo el dinero. La lección moral hizo mella en las personas que habían adorado a la pareja cineasta, consiguiendo que la impecable interpretación de Aitor llegase a las pantallas más remotas, robando corazones y lágrimas. Su reconocimiento en el mundo del cine no ha tardado en llegar, al igual que los *fans* y los cientos de miles de seguidores fieles presentes en redes sociales. Y nuestras vidas han cambiado mucho. En realidad las de todos, pero seguimos siendo las mismas personas. Marga ha conseguido ascender al puesto de comercial consultor, en el que ejerce su labor con relativa libertad desde hace medio año. Olga y Harry se mudaron el otoño pasado con Nico a Barcelona, para que el niño pueda ser tratado por una neuróloga especializada en autismo. Klaus, el enfermero que curó la herida que se hizo Aitor en uno de los rodajes, se acerca con frecuencia para comprobar cómo se encuentra mi abuela y ver, de qué manera, avanza su demencia.

Nosotros nos fuimos a vivir juntos en primavera, a las afueras de la ciudad. Nos enamoramos de una vivienda modesta, modular y de dos plantas, con un poco de terreno alrededor. Hay cuatro habitaciones, un baño en la parte baja y otro más amplio situado arriba, una sala de estar sencilla, cocina y cochera. Como fuera está el porche, decidimos dedicar ese espacio a la moto y así usar el garaje como gimnasio. Pusimos una máquina de musculación, la cinta de correr y el banco de remo, para que Aitor no descuide los entrenamientos. La habitación más grande es la de nuestro dormitorio, la que tiene más luz se ha convertido en mi sala de trabajo y las otras son para las visitas. A las pocas semanas de arreglar el papeleo con el banco, la inmobiliaria nos confirmó que el cambio de titular ya se había realizado. Conseguimos la licencia de obra para hacer la piscina exterior y decidimos que esta tendría forma alargada; rectangular.

—¿Has leído lo que pone aquí? —pregunta Marga, tumbada en la hamaca. Sujeta un refresco en la mano izquierda y una revista en la derecha—. Pone: Tierna y cariñosa actitud del actor Aitor Montiel hacia Ariadna Abbey, en el Festival de Cine de Cannes.

—A ver —Cojo la revista después de colocarme las gafas de sol por encima de la cabeza. En alto, leo el artículo—: Inteligente, risueña y tan atractiva como siempre, Ariadna Abbey define a su compañero en el mundo del cine como «un hombre de los que quedan pocos». Nos hemos desplazado hasta el Festival de Francia para conocer a las dos estrellas de la aclamada serie que, acaramelados, posan juntos delante de cámaras. Los dos vienen y se van en la misma limusina, lo que despierta nuevos rumores acerca de si tienen o no una relación. En una de sus declaraciones, Montiel comparte con nosotros la bruma que siente debido al constante acoso mediático. «El reconocimiento es una experiencia única de la que estar orgulloso, pero soy una persona muy sencilla. No termino de acostumbrarme a esto». —Con indiferencia, devuelvo la revista a Marga—. Están radiantes. Y creo, que esos, son los zapatos que elegí para él cuando viajamos a Milán.

—Me gustan. —Mira la imagen en la que se les ve posando en la alfombra roja—. No me parece que estén muy juntos. Lo normal, vamos. ¿Tú por qué no has ido?

—¿Te recuerdo lo que ocurrió en Nueva York?

Una carcajada sonora sale de su boca.

—Por favor, ¿quién no? Le pusiste una peluca afro, con gafas de culo de vaso para que no lo reconocieran. Aun así lo hicieron.

—Por eso. Si mi privacidad continúa intacta es porque vi al periodista correr frenético hasta él. Me dio tiempo a soltar su mano para alejarme unos metros e hice como si no le conociese. Tuvimos que volver al hotel separados. Si quieren vender que Aitor y Ariadna tienen algo, adelante. Es la mejor manera de mantener a la prensa lejos de mí, lejos de aquí —dibujo un círculo imaginario con los dedos—, lejos de nuestro hogar.

—¿Hay más? —Levanta la lata de refresco ya vacía.

—Sí, en la nevera. Coge lo que quieras. ¡Como si estuvieras en tu casa! —grito cuando entra.

Me hago con la revista en su ausencia, aprovechando para ojear cada una de las fotos en las que salen juntos. Es increíble echar la vista atrás y comprobar cómo ha pasado del anonimato al reconocimiento absoluto por su buen trabajo. Ver que poco a poco sube escalones, traspasando nuevas metas, nuevos sueños. Me gusta que la persona de la que me enamoré esa tarde en el Parque de El Retiro continúa intacta. Que el dinero y la fama no hayan alterado nada en su forma de ser, en sus valores ni en cómo es conmigo. Me gusta que aunque su cuenta bancaria haya crecido a un ritmo vertiginoso, siga disfrutando de la intimidad que otorga la noche en el Jardín de las Vistillas. Porque aunque la estrella sea él, en casa hace que yo me sienta como un majestuoso cometa.

Con anhelo, beso su mejilla en una de las imágenes.

—Tuyo. Mío. —Deja dos refrescos en la mesa, un plato con fruta, panecillos con queso y recoge parte del toldo antes de quitarse la camiseta—. ¿Me das crema en los hombros? Con estas temperaturas parece que estemos en julio o agosto.

El calor bochornoso se ha adelantado unas semanas. Al sol, la sensación térmica resulta sofocante.

Masajeo el protector solar hasta que su cuerpo lo absorbe por completo.

—¿Quieres crema?

La idea de recibir vitamina D, merendar con Marga y disfrutar de una refrescante bebida me resulta atractiva. Igual que ha hecho ella, me desprendo de la parte de arriba y deslizo las tiras del sujetador.

—Anoche me llamó Olga —digo, llevándome un trozo de fruta a la boca—. Nico está enorme, ¿te has dado cuenta? Le vi feliz. De hecho, me pareció que está mejor que nunca.

—Hicieron bien en irse. Harry tiene más trabajo como terapeuta ocupacional allí, y Olga ya ha empezado en la clínica veterinaria.

—¿En cuál?

Doy un sorbo directamente de la lata.

—En la que está a un par de calles de donde viven. Oye —palpa por la parte media de mi espalda al tiempo que extiende la crema—, ¿y esto? Es como un lunar gigante, difuminado y con relieve.

Toco sin interés. La vida de Olga ha cambiado considerablemente. Salir de fiesta y los hombres forman parte del pasado. Ahora, sus prioridades son Harry y Nico. Aunque he de decir que siempre ha ejercido de madre. A su manera, lo mejor que podía.

—Ah, esto. —Lo toco de nuevo—. Me quemé en Grecia el año pasado, con el sol.

—Vigílalo bien, la piel tiene memoria.

—Le pediré a Klaus que me eche un vistazo.

—¿Sigue visitando a Clemen?

—Sí, y se lo agradezco. Está siendo para todos muy duro.

Capítulo 15, Julia

Al entrar, me aborda el embriagador olor de las rosquillas recién hechas. Sobre la mesa de centro, permanece abierta una de las novelas favoritas de mi madre. Es de Jane Austen, una autora británica, clásica y crítica, que supo dotar de comicidad sus obras a través de la ironía. Ha leído tantas veces el libro que en las páginas se puede apreciar un desgaste producido por el roce de sus dedos sobre las hojas, junto a un color cada vez más ambarino, amarillento. Mi padre ve la televisión desde el sofá y mamá sale de la cocina con el delantal de siempre, ese que tiene un alegre estampado floral. Al lado del libro, apoya la bandeja repleta de dulces horneados.

—Coge, hija. La abuela continúa en la cama, aunque por la hora que es no creo que tarde en despertar.

Me siento al lado de papá después de coger no uno, sino tres roscos, mientras mamá se acomoda a mi lado con gracilidad. Saboreo sin prisa, complacida a medida que el paladar degusta las migajas que poco a poco se deshacen en la boca.

—Están muy buenas, ¿has echado ralladura de naranja?

—No se te escapa una.

Las rosquillas de mi madre son como comer trocitos de un cielo esponjoso, repleto de nubes blancas.

Papá baja el volumen de la tele para preguntarme por Aitor. Frunce un poco el ceño sin variar el tono amable de su voz, porque le preocupa que puedan afectarme las noticias que las revistas publican sin comprobar la veracidad de la información en su labor por fomentar los rumores. También que mi relación se deteriore en silencio por una distancia cada vez mayor. O que se marchite porque cada vez nos pesen más las habladurías.

—Sé que lo que cuentan no es cierto.

—De todas formas, lo que les gusta el morbo a algunos —murmura mi madre con irritación, inclinándose hacia la bandeja para coger otro dulce—. No publicarían semejantes falacias si conociesen a Aitor.

—Ya lo sé, mamá.

Charlamos de todo un poco en una conversación donde a veces hay pausas, pero sin silencios incómodos. Aunque mi hogar ahora esté con Aitor, en ocasiones no puedo evitar sentir durante su ausencia el peso de la soledad. Cuando más lo noto es por la noche. Acostumbrada a oír su respiración constante, a su olor invadiendo cada centímetro de la cama, a sus brazos rodeando mi cintura y a la reconfortante calidez de su piel, dormir sola cuando está fuera por trabajo me cuesta un mundo. A veces, ni siquiera consigo conciliar el sueño, pero eso es algo que me guardo para mí. Si lo hiciera, si se lo dijera, estoy convencida de que cancelaría los eventos y terminarían sus viajes. Y eso es lo último que quiero. Prefiero padecer insomnio crónico a ver sus sueños mermados en pedazos diminutos. Ya lo dijo Úrsula hace más de un año: «Un papel mal representado puede catapultar al fracaso. Y créeme si te digo que cuando tocas suelo en esto ya no hay forma de conseguir el cielo».

El timbre de casa suena bajo, lo modificamos hace unas semanas para evitar que el sonido estridente desvele a Clemen. Mi madre no tarda en ponerse en pie para abrir la puerta y distingo la voz del enfermero cuando esta se cierra.

—Antonio, ¿cómo va ese dolor de espalda?

Permanece de pie, en el salón.

Miro a mi padre con un atisbo de reproche por no haberme contado nada.

—¿Te has hecho daño en la espalda, papá?

—Solo es una contractura, aunque no hay que descuidar la hernia discal. ¿Cómo estás, Julia? Me alegro de verte. ¿Fuiste al dermatólogo?

—Klaus, todo bien. —Me acerco a darle dos besos—. Fui a la cita la semana pasada. Tenías razón, es una mancha por el sol, pero no es melanoma.

—Eso es estupendo. ¿Clemen continúa durmiendo? Puedo volver más tarde.

Mi madre le anima a sentarse con nosotros antes de que insista en marcharse.

—No digas bobadas, estará a punto de levantarse. —Le acerca otra bandeja de rosquillas que trae de la cocina—. Pruébalas, las he hecho con un poco de ralladura de naranja. ¿Quieres café? ¿O mejor un chocolate?

—Espe, no quiero molestar.

—Molestar, molestar —repite mi madre en tono jocoso—. Voy a preparar un chocolate caliente.

—El mío con leche, por favor —pido antes de que cierre la puerta de la cocina.

Nos observamos sin hablar durante unos segundos, hasta que el carraspeo de mi padre hace que dejemos de buscar en las miradas que van y vienen algo con lo que paliar este momento insólito. Klaus se esfuerza a diario en buscar algo con lo que pueda aferrarme a la realidad, como si lo más importante que tiene que hacer sea estar aquí, ayudando a mi abuela, calmando a mis padres e intentando que la enfermedad no nos consuma anímica y mentalmente a nosotros también. Con una tranquilidad plausible, pregunta por Maruja. Mi padre ya ha aprendido a no dejar las maquinillas al alcance de mi abuela y mamá se ha aplicado la lección a sí misma con los pintaúñas.

Ahora, el conejo de Clemen luce como mucho un lazo azul que contrasta con su pelo blanco. Un lazo que la abuela recoge entre caricias una y otra vez, con cuidado.

—He traído algo para Clemen. —Alcanza el pesado maletín que usa para transportar el botiquín—. No es mucho, pero tengo entendido que tiene el poder de consolar y calmar a las personas con demencia en estado avanzado. He pensado que podrías dárselo tú —dice cauto—. Antonio me ha contado que el otro día te reconoció, y que te llamaba como cuando eras una niña. Quizá, la muñeca nos permita relacionarnos más desde el mundo con el que batalla en su cabeza.

—¿Yo? Tal vez sería mejor que se lo dieras...

Me callo cuando saca una muñeca de trapo. Lleva un vestido de volantes verdes con la parte de arriba blanca, lunares en los pliegues, girasoles dibujados y mangas pomposas. El color del pelo, formado por recortes de lana gruesa y recogido en dos coletas, es rojizo como el mío. Los ojos son dos botones oscuros y la sonrisa es como una «U» cosida. Estudio cada detalle con asombro antes de coger la foto que mi abuela enmarcó hace muchos años y colocó encima del mueble en el que mis padres guardan la cubertería, comprobando que la muñeca soy yo.

—Cuando tu madre me enseñó la foto, busqué a alguien que las hiciera a mano. Ahora falta cerciorarse de si tu abuela la acepta o no. Sería muy positivo que mostrara interés por ella.

—Es preciosa. ¿Qué tengo que darte?

Camino hasta la silla de la mesa comedor para coger el bolso. Me sigue cuando saco la cartera, me la quita de las manos y vuelve a guardarla en su sitio.

—Nada. Es un regalo. —Pienso en protestar, pero Klaus se adelanta. Siempre parece que va un paso por delante—. Quiero tener este detalle. ¿Crees que le gustará?

—Seguro que sí. Es un gesto muy bonito.

Acaricio la lana que cuelga de las coletas de la muñeca.

Nos sentamos a ver el programa del rosco con mi padre, hasta que Espe vuelve con humeantes tazas de chocolate. El olor del cacao tostado se mezcla con el de las rosquillas horneadas y la ralladura de naranja. Matices fuertes e intensos que evocan a la niñez, a una infancia en la que fui muy feliz, a un tiempo en el que la tecnología tan solo era un descubrimiento que todavía no se había adueñado de nuestras rutinas. De pequeña me gustaba quedarme dormida en los brazos de mi abuela, después de jugar por la tarde en la plaza. Mi columpio favorito era un tobogán azul cielo con escaleras de madera que formaban una divertida espiral. Cuando volvíamos a casa, preparaba chocolate caliente; siempre me ha gustado la misma cantidad de cacao que de leche; mi pequeño secreto para que no quede demasiado líquido ni espeso. En el suelo, con mi yo-yo, esperaba sentada sobre una manta gruesa, mientras Clemen removía la tableta en la cazuela hasta que esta se derretía por completo, momento en el que añadía la leche. Por aquel entonces, mi padre había veces que llegaba de trabajar tarde. Por eso, mi madre aprovechaba cuando la abuela se ocupaba de mí para cocinar, hacer la colada y los demás quehaceres de la casa. A pesar del trabajo y las obligaciones, ambos sacaban tiempo para hacer cosas en familia: como una escapada a Valladolid, a Soria o ir al centro de Madrid, una excursión por las montañas o llevarme de paseo. En un par de ocasiones, fuimos a Sierra Nevada. Y una vez al año me llevaban a pasar el día al Parque Natural de las Hoces del Duratón, cerca de la localidad de Sebúlcor, desde donde miraba anonadada las ruinas del convento de Nuestra Señora de la Hoz. En una de esas veces, lancé una piedra al aire. Fue a unos metros de distancia del barranco. Quería contar cuántos segundos tardaría en llegar hasta las aguas del río, pero mi abuela tuvo la desafortunada suerte de pasar por delante en ese momento, justo cuando la lancé. Tenía siete años, y nos tocó volver para que la viese un médico. Clemen llegó con un enorme chichón en la frente, era del tamaño de un huevo de avestruz.

Miro a Klaus de reojo, dejando la taza sobre la mesa. Se ha manchado la parte superior del labio con chocolate y le acerco una servilleta para que pueda limpiarse. Se torna colorado cuando al pasar el papel por sus labios, este adquiere un matiz marrón.

—Qué preciosidad —mi madre continúa embelesada con la muñeca—, no deberías haberte molestado. Ya tienes demasiado lío con tu trabajo.

—No es molestia. Cuando Aitor me comentó en uno de los rodajes el estado de salud de Clemen, sentí plena admiración por vosotros. Y por ti, Julia. No todo el mundo lidia con algo así sin perder los nervios. Además, somos buenos amigos, y los amigos están para ayudarse.

Oímos ruido en la habitación de Clemen. Últimamente, deambula desorientada de un lado para otro. Klaus coge el botiquín después de ofrecerme la muñeca, invitándome a ir con él. Sin hacer ruido, pasamos al dormitorio respetando el espacio personal de mi abuela. La mujer nos mira perdida, con la instantánea de su difunto marido en las manos.

—Emilio, ¿eres tú?

—No, Clemen. Soy el enfermero, Klaus. ¿Cómo se encuentra hoy?

Intransigente, alza los brazos.

—Tengo que ir a la cocina —hace amago de empujarlo— o se quemarán los garbanzos.

—Está bien, vaya usted. Pero luego tiene que dejar que le tome la tensión, ¿de acuerdo?

Mi abuela camina hasta el baño. Confundida al no identificar los muebles, intenta comprender por qué no ve sartenes, fogones o cazuelas.

—¿Qué tensión ni qué ocho cuartos? Márchese o mi marido le sacará de aquí a palos.

El golpe llega tan de sorpresa que, cuando quiero intervenir, a Klaus ya le sale sangre de la cabeza. Le ha tirado el tarro de cristal donde papá guarda la colonia.

—Cuánto lo siento ¿Tienes algo con lo que lo pueda limpiar?

—Estoy bien. Acércame el bote de antiséptico.

Palpa la herida antes de incorporarse.

Le ayudo a limpiar la sangre. A la vez, tratamos de calmar a mi abuela. Nos cuesta varios minutos que se tranquilice.

—Yaya, es para ti. Lo ha traído el enfermero.

Coloco la muñeca en el brazo que apoya sobre el asiento de la mecedora. Una no puede acostumbrarse al deterioro de un ser querido y hacer como si nada.

Clemen hace un amago de hablar, pero en vez de eso, abre y cierra la boca, emocionada cuando mira con ternura la pequeña figura de tela con mechones rojizos. Como si entre la muñeca y ella hubiese surgido un vínculo, como si mi abuela se acabase de levantar tras un largo letargo. Ni siquiera intenta incorporarse de la mecedora cuando Klaus coloca en su brazo el tensiómetro. Permanece ahí, relajada. Mirando a una muñeca de trapo a la que besa y acaricia con todo el amor que tiene guardado.

—Gracias, Klaus.

—Eh, ¿por qué lloras?

Mis lágrimas se deslizan por las mejillas, rodando con fluidez.

—Es de alegría.

Capítulo 16, Aitor

El vuelo de Cannes a Madrid se ha hecho más pesado de lo que esperaba. Ariadna y yo hemos estado horas viendo pasar el tiempo en el aeropuerto, sentados en la cafetería sin nada mejor que hacer. La compañía de la aerolínea se ha disculpado por el retraso producido por complicaciones técnicas. No hemos llegado hasta la una. Pero dentro de lo malo, tan solo ha habido cuatro o cinco periodistas al bajar del avión. Seguían nuestros pasos con los micrófonos, cámaras y grabadoras en las manos. Los hemos perdido al subir en la limusina que nos esperaba fuera, después de pasar por la sala de equipaje para coger nuestras maletas de la cinta. Tanto ella como yo, esperábamos encontrar un taxi. Algo menos aparatoso, más normal y con lo que pasar desapercibidos. Puedo intuir los titulares de esta semana: «Aitor Montiel y Ariadna Abbey, pillados muy juntos en una lujosa limusina tras su llegada a Madrid». Al menos, en casa todo es serenidad. Calma. La ausencia de ruido es tan relajante que casi puedo mecerme de pie, en la entrada. Porque aquí no hay sitio para alfombras rojas ni periodistas sensacionalistas. Tampoco para fotógrafos que venden exclusivas a la prensa, ni siquiera para las ostentosas fiestas en las que últimamente demandan demasiado mi presencia. Este lugar es nuestro. Y Julia se ha convertido en mi refugio. Podíamos haber aprovechado, tanto ella como yo, usando nuestra relación como medio de promoción, lucrándonos económicamente a costa de nuestra privacidad. Para aumentar los seguidores en redes sociales. Pero tenemos moral. Además, el precio a pagar sería demasiado alto y entonces, dejaríamos de ser nosotros.

No me sorprende encontrar a Julia dormida en el sofá redondo gris de terciopelo que ocupa gran parte del salón. Lo eligió ella, al igual que la docena de cojines blancos que acompañan los módulos. Uno para cada asiento. Plantas no hay muchas, solo el cactus pequeño que acompaña su escritorio y algunos ramos de flores artificiales que ha ido poniendo sobre la marcha en jarrones de cerámica. Acaricio su pelo con detenimiento, descargando mis hombros, dejándolos caer relajados. Eliminando la tensión acumulada en estos días. La agenda en la que anota los trabajos pendientes y reuniones se encuentra cerca de sus pies. Y a un lado, el ordenador portátil que pudo comprarse en las rebajas de enero. Intenté regalárselo el año pasado por su cumpleaños, pero con la misma agilidad que abrió la caja, volvió a envolverlo con pulcritud y lo devolvió. Dijo: «¿No sabes comprar un libro, una colonia o unas rosas como la gente normal? Me niego, es demasiado». En vez de sentirme mal por el rechazo, me reí tanto que no dejó de dolerme la mandíbula hasta pasado un buen rato.

El zumbido de los circuitos internos del portátil apenas es audible. De todas formas, lo cojo para apagarlo, evitando que se caliente más de la cuenta. Sin pretenderlo, leo el título de la pestaña que hay abierta: «Insomnio por estrés y nervios». De manera irremediable, mis ojos pasan deprisa por las demás páginas. Todas tratan el mismo tema y no puedo evitar sentir una punzada de culpabilidad. En cierto modo, me siento responsable cuando leo: «¿Por qué me cuesta tanto dormir cuando no está mi pareja?». Es entonces cuando me doy cuenta de lo que mi trabajo puede estar suponiendo para ella.

—¿Aitor?

Se estira somnolienta.

Antes de que abra los ojos y se incorpore, dejo el ordenador a un lado.

—Hola, pelirroja. —Rozo sus labios—. ¿Vamos a la cama? Es tarde.

—¿A qué hora has llegado?

Mira en el móvil el reloj. Son casi las dos de la mañana.

—Ahora. Ha habido un retraso en el vuelo, complicaciones técnicas.

Asiente con los párpados pesados, frotándose las legañas. Antes de que se ponga en pie ya la he cogido en brazos.

—Bájame —ríe con ligereza—, te harás daño en la espalda.

—El día que no pueda llevarte en brazos será porque los años me han envejecido tanto, que tendré que llevar cachaba para andar dos pasos.

—Entonces seremos como esas parejas de viejitos que pasean, agarrados de la mano, por el parque de El Retiro.

—Por supuesto. Pero nada de residencias, abriré una cuenta de ahorros para que podamos pagar a una persona de interna.

—¿Más cosas que tengas en mente?

Apoya la cabeza en mi hombro, socarrona.

—Me gustaría ser padre en un futuro. Tener una niña, por ejemplo. Y que tenga tus ojos, tu cabello rojo. Destellos cobrizos en una melena abundante.

—Aitor Montiel, voy a decirte un par de cosas.

Me señala con el dedo.

—Te escucho.

—Una, no quiero hijos. Y dos, sabes que el sexo no se elige, ¿verdad? No los pides por internet y te los trae el repartidor a casa en un canasto de tela acolchada.

—¿Nunca?

Me hago el sorprendido.

—Jamás. Mi instinto maternal es inexistente, y quita esa cara, te lo dije poco después de conocerte.

—Ya —me arriesgo a meter el dedo un poco más en la llaga, divirtiéndome al comprobar que poco a poco sus cejas cambian de lugar cuando arruga el ceño—, pero ¿por qué no?

—¿Por qué iba a traer al mundo a un bebé si no quiero ser madre? O mejor aún, ¿por qué una mujer tiene que justificar el haber elegido no tener hijos? Si decido no tenerlos es porque no quiero. Y punto ¿Es que una familia no puede ser de dos? Como por ejemplo, tú y yo.

—¿Somos una familia?

—¿No lo somos?

Vacilante, entro al dormitorio con ella aún en mis brazos. Sin retirar las manos de su cuerpo, la dejo caer en el colchón.

—Claro que lo somos. Tú y yo no solo encajamos, Julia. Nosotros nos entendemos. Nuestra mejor versión llega cuando estamos juntos.

Podría seguir explicando por qué lo que tenemos es tan especial, pero no es necesario. Ella ya lo sabe. Porque las ganas que tenemos el uno del otro son tan constantes como latentes. Porque los silencios que aparecen espaciados nunca son incómodos. Y los besos consiguen dejar huellas imborrables sobre los poros. Porque somos tan únicos como los lunares repartidos por su piel; aquellos que cuento en la oscuridad de la noche con los dedos. Y tan singulares como las manchas que el sol deja en una espalda que ya he memorizado sin esfuerzo. Porque sé que tiene repartidas entre las mejillas y la nariz veintisiete pecas que no me canso de mirar. Y ella conoce los demonios que esconde la cicatriz de mi muñeca. Estar con Julia me ha hecho madurar, dar un salto ascendente en la escalera metafórica de mis progresos. Ella me hace sentir que el amor no siempre es dar, sino también dejar fluir y recibir, anticiparse a las necesidades y ponernos en plural, como prioridad. Pasar la etapa de fuego; la de enamoramiento, para darnos cuenta de cuál es la de verdad. Lo bonito que es emocionarnos, conocernos e identificar el proceso interior con el que batallamos durante el camino. Por eso, siento otra punzada cuando me tumbo junto a ella en la cama y veo, sin dificultad, sus ojeras moradas. El cansancio reflejado en el rostro por la falta de sueño o sus finos dedos aferrándose a mi cuello, como si tuviera miedo de que me vaya de nuevo. Percibo la necesidad enmarcando un rostro que desde hace demasiado no descansa.

—¿Te encuentras bien?

—He tenido mucho trabajo.

Apoya una mano sobre mi abdomen.

—¿Seguro que solo es eso? Te has quedado dormida en el salón.

—Estoy bien, pero te he echado mucho de menos. ¿Qué tal en Cannes?

Coloca sus piernas entre las mías, como una enredadera. Hace lo mismo con el resto del cuerpo, sumergiendo su rostro en mi pecho e inhalando mi aroma como quien se agarra a un bote salvavidas en medio de la resaca.

—¿A quién le importa Cannes ahora?

Me quejo, antes de enmarañar con una mano su cabello y hundir mis labios en los suyos.

Capítulo 17, Julia

Es diciembre. Estamos en la gala de Zaragoza, donde Aitor se alza con el premio a mejor actor por el papel en la serie «El sobre de Patrick». Ariadna, a su lado, destaca por su elegancia y belleza, con un estudiado vestido que deja al descubierto una estrecha cintura y caderas infinitas, acompañadas de un abdomen definido. En el evento, convertido en el epicentro del mundo audiovisual nacional y conocido también como los Globos de Oro españoles, se reconoce a los mejores profesionales del cine y de la televisión del país.

Úrsula y yo aplaudimos durante la entrega del premio. Aunque vengo en calidad de «amiga de la directora», todo se va al traste en el momento en que Aitor se acerca a abrazarnos tras un discurso emotivo e inspirador. Primero envuelve en sus brazos a la persona que le ha acompañado desde su infancia por el arduo camino de la vida. Sin soltar la estatuilla concedida por el reconocimiento que le otorga el premio. Está tan nervioso que todo en él tiembla. Meses antes, también fue premiado a través de la Academia en la que decidió formarse por su soberbia interpretación. Pero lo de hoy está por encima de los demás logros. Hablamos de unos de los eventos más emblemáticos del cine español.

—Estoy muy orgullosa de ti, de cada cosa que has hecho y de todo lo que con esfuerzo estás consiguiendo —susurro, ajena al bullicio generalizado entre los presentes, hundiendo sin evitarlo mi nariz en su cuello.

Cuando empezó el rodaje de la serie, Aitor reforzaba su talento en clases de interpretación. La escuela le proporcionó los recursos suficientes para que él mismo puliese sus dotes y, de ahí, de estar ahí, se convirtió en lo que es hoy: una celebridad. A su regreso de Cannes, en primavera, decidió formar parte de la Academia de las Artes y las Ciencias Cinematográficas. Por eso ya no viaja tanto por trabajo.

—Te lo debo a ti. Yo solo, jamás me habría atrevido a firmar un contrato así.

Lo sabía. Por aquel entonces ya conocía sus miedos e inseguridades.

—Pero lo hiciste. Y ahora puedes ver lo alto que has llegado.

Los ojos se nos humedecen por la felicidad que nos arrastra del momento, por los nervios, por las noches en vela previas a las galas en las que el cerebro cabila miles de opciones, a cada cual más inaudita. Aitor se ha convertido en una estrella, y yo soy su cometa.

Me levanta sin esfuerzo hacia arriba, suspendiendo mi cuerpo en el aire, agarrándome por la cintura bajo la atenta mirada de cada una de las celebridades presentes. Y cuando sus labios se mimetizan con los míos en un beso que irradia pasión, ninguno pensamos en las consecuencias, en el precio a pagar ni en el clamor de las voces que retumban en uno de los mejores momentos de la gala. Ni siquiera caemos en que, con esta muestra de cariño, estamos dando una patada a algo tan valioso como es la privacidad, diciendo adiós al derecho a la intimidad. Pero no solo las voces se alzan, el público también lo hace. Se levanta, aplaude y sonríe sin dar crédito, porque la estrella cineasta más aclamada del momento no tiene nada con Ariadna Abbey, sino conmigo, Julia García. Ella, que también se emociona, se acerca a nosotros. Cuando el beso termina y nuestras bocas se separan, Úrsula, Ariadna, Aitor y yo, nos abrazamos de nuevo. Los cuatro lloramos de felicidad. Porque cumplir sueños es más bonito si tienes personas a tu lado con las que poder compartirlos. Y Aitor acaba de conseguirlo.

Entusiasmado, levanta la estatuilla, vuelve a besarme y entonces… Soy consciente de que a nuestro alrededor únicamente se ve la luz de los *flashes*. Y que la mujer que le ha entregado el premio viene hacia donde estamos, arrastrando la brillante cola de su vestido con un micrófono en la mano.

—¿Quieres decir algo para que el público vuelva a tomar asiento? Has preparado un fulgor considerable, Aitor —bromea con gracilidad—. Dinos, ¿quién es la afortunada chica que te acompaña? Sin duda, será la envidia de muchas.

Le miro nerviosa, pendiente de lo que dice. Tarda en contestar porque es cauto; sabe cómo protegerme y situarme a la vez en un lugar privilegiado en la escala de su vida, dejando claro la posición en la que se encuentra nuestra relación.

Agarrando mi mano con los dedos entrelazados, se acerca al micro:

—En realidad, yo soy el afortunado. En ella he encontrado el significado del amor, del respeto y de la admiración. Sin su apoyo, cuando Úrsula Arias me ofreció el primer contrato desarrollando un papel principal, no estaría recibiendo ahora este premio. Y eso es algo que celebro cada día, a su lado.

—Entonces —continúa para sacar más información—, ¿es mentira que mantienes desde que comenzó el rodaje de la serie una relación íntima con Ariadna Abbey?

—Ari es maravillosa, una joven hermosa y llena de talento con la que ha sido muy fácil trabajar y a la que deseo el mayor de los éxitos —la actriz lo mira con orgullo, aplaudiendo cada vez que habla—, pero somos compañeros de trabajo. Nuestra relación es estrictamente profesional.

—Ahora que nadie nos escucha. ¿Viajarás solo o acompañado a Latinoamérica?

Bromea, estirando el brazo para llevarse de nuevo el micrófono hasta los voluminosos labios pintados de rojo coral. Los presentes también se ríen en una carcajada generalizada. Y se hace el silencio, uno tan denso que podría aplastarnos a todos sin esfuerzo. Pero sobre todo a mí, porque mi pecho se me encoge cada segundo un poco más.

—¿Te vas a Latinoamérica? —pregunto en un murmullo.

Me esfuerzo por enseñar los dientes en un intento de sonrisa que enmarca mi rostro, para encubrir la perplejidad. En respuesta, aprieta mi mano; una clara señal con la que me ruega paciencia. Calma para una explicación que va a llegar cuando consigamos intimidad.

—Todavía es pronto para saberlo —responde con aspereza. Apresurado, alza la estatuilla en un gesto henchido de agradecimiento, dando por zanjada la ronda de preguntas—. Quiero daros las gracias por reconocer mi trabajo, por hacerme sentir como en casa y por todo el apoyo que he recibido.

Espero a que periodistas y fotógrafos terminen su trabajo; es el turno de Aitor en el *photocall*. Resulta amable, armónico, como si hubiese nacido especialmente para esto. Posa con destreza, respetando que yo no quiera unirme a él. Bastantes fotos nos han sacado en el momento del beso tras la entrega del premio. Imágenes que mañana acompañarán la mayoría de los titulares en los medios de difusión: revistas, periódicos, programas de cotilleo. Prensa rosa en estado puro. Ariadna también forma parte del espacio dedicado a los actores que asisten al evento en un sitio privilegiado. Solo Úrsula permanece conmigo, alejadas de la multitud y del bullicio.

—Entiendo que estés molesta, , pero no sé cómo se han enterado de lo de Latinoamérica. Aitor ni siquiera sabe si va a aceptar la oferta.

Toca mi brazo con familiaridad, como haría mi madre en un momento así.

—Tú lo sabes.

—Sí, aunque no me lo dijo él. El director contactó conmigo.

—¿Así, sin más?

Intento comprender.

—Quería saber por qué motivo rechazaría alguien tal oportunidad. Hablé con él y me dijo que lo pensaría. Que yo sepa, todavía no ha decidido nada.

—Dime, ¿por qué es tan importante? Aquí también le han ofrecido buenos papeles.

—A nivel nacional, sí. Sin embargo, Latinoamérica puede catapultarlo a un éxito mundial. —Aguarda por si quiero decir algo, pero prefiero esperar. Escuchar lo que tenga que decirme—. Se va a emitir en un servicio de *streaming* que funciona sin anuncios, mediante suscripción. La plataforma ofrece contenido propio, lo que se traduce en cifras incalculables de personas tras las pantallas que esperan con ansia nuevo contenido.

—¿Cuánto tiempo?

Reprimo el impulso de llorar. Sé que no hablamos de estar fuera dos días. Pero a veces hay que tomar decisiones que duelen para hacer lo correcto por las personas que queremos. Aitor no puede perder una oportunidad así.

—Ocho meses; de febrero a septiembre.

El pecho comienza a dolerme.

—Está bien, hablaré con él.

Capítulo 18, Julia

Vamos directos al hotel por la Avenida Diagonal Plaza, cerca del Canal Imperial de Aragón. Y puedo anticiparme a su contestación antes de que diga que no.

—¿Por qué?

Me siento en el sofá de cuero que hay al lado de la pared.

—Estoy bien aquí, contigo —se abstiene de decir nada más.

Harta del resto del mundo, apago el teléfono. Las redes sociales, internet, los periódicos y las revistas digitales arden por el beso de la gala. ¿Cómo se enteran de todo tan rápido? Apenas han pasado un par de horas desde entonces y ya he leído cientos de titulares que acompañan la misma foto desde distintos ángulos: «Aitor Montiel besa a Julia García; una joven diseñadora web, gráfica y corporativa», «Sorpresa en la entrega de premios por el beso del actor del momento a la diseñadora de la tienda en línea de Mercedes Herrero y su lujosa línea de joyas», «Declaración dura de Aitor sobre Ariadna Abbey: nuestra relación es estrictamente profesional», «La diseñadora, Julia García, no desmiente tener una relación con el famoso actor que representó a Patrick en la serie del año».

—Serán buitres. Han descubierto hasta mi apellido. —Retiro la vista del móvil. Me niego a encenderlo hasta que estemos en la quietud imperturbable de nuestra casa—. Así que es por mí.

Retomo el tema de Latinoamérica mientras me quito el vestido con su ayuda. Aunque al principio soy un poco esquiva, al final cedo. No puedo bajar la cremallera de la espalda sola.

—En parte.

—No lo entiendo. Sé que eres una persona reticente a los cambios, pero ¿dejar escapar una oportunidad así? Estarías loco.

—Demonios, Julia. ¿Piensas que no lo sé?

Cambia el esmoquin que ha llevado a los premios por un pijama gris de dos piezas y sale a la terraza privada del dormitorio. Es una estancia inverosímil, enorme. La cama es sorprendentemente grande. El colchón es lo más cómodo que ha probado mi espalda nunca. Las sábanas son tan blancas que parecen nuevas. A los laterales de la estructura hay dos mesillas de cristal que acompañan los extremos de un cabecero acolchado suspendido en la amplia pared.

Alcanzo una de las mantas gordas que he visto pulcramente dobladas en la estantería interior del armario, antes de acercarme a la puerta por la que acaba de desaparecer Aitor.

—Ten, ¿o has olvidado que estamos en diciembre? —Estiro el brazo para que coja la pesada manta—. Voy a darme un baño, a ver si consigo relajar la tensión de mis cervicales. Piensa en lo que hemos hablado, ¿vale? Ningún motivo puede ser tan importante.

—¿Y si el motivo es que priorizo al amor de mi vida?

Se gira hacia mí, con un rostro serio. Confusa por su declaración, hago una mueca.

—Entonces no dejaría que lo hicieras; porque el amor suma, no resta.

Permanece pensativo, inmóvil, apoyado en la barandilla del balcón con la manta encima de los hombros. El aire de la noche es frío, tanto que, cuando una ráfaga de aire gélido se cuela por el espacio abierto de la puerta corredera, me llega hasta los huesos. Él no parece sentirlo.

En el servicio, hay una bañera retro con patas de acero. Con una toalla alrededor de mi cuerpo, abro el grifo del agua caliente. El personal del servicio de limpieza ha dejado unas bombas de espuma sobre un cuenco. Son unas bolas duras, compuestas de ingredientes secos que al contacto con el agua se vuelven efervescentes. La bañera no tarda en llenarse. Dejando la toalla en el colgador, recojo mi cabello en una pinza de dientes amplios para no mojarlo. El agua cubre casi todo mi cuerpo, deteniéndose a la mitad de los pechos. El silencio, el calor y la calma que me ofrece el sonido de la espuma cuando la bola se transforma en burbujas de color crema, me relaja. Pequeñas ramas de romero y pétalos de jazmín ondean en la superficie.

—Estarás más cómoda con esto.

Entra al baño, sin ropa. En su lugar, trae un carro móvil de acero, con una cubitera en la que reposa una botella de vino rosado junto a dos finas copas de cristal. Las deja al lado de la bañera, después de ponerme bajo el cuello una toalla cuidadosamente doblada.

—Gracias. ¿Te vas a meter?

—Solo porque tú estás —responde en un tono conciliador. Cuando se sumerge en la bañera, la espuma sube hasta casi salirse por los bordes. Y tengo que echar las piernas hacia un lado para que se pueda sentar—. No te preocupes —señala unas rendijas que hay en el suelo—, hay desagües en el suelo, por si cae el agua.

Acaricia los dedos de mis pies, masajeando de abajo arriba, trazando círculos ascendentes. Ninguno de los dos hablamos. A lo mejor, porque en ocasiones como esta es tan necesario el silencio que da miedo romperlo. Por eso espero que sea él quien dé el paso. Decidiendo que en este momento el tiempo no importa. De vez en cuando, cruzamos miradas y la música de fondo es lo único que llena la estancia. El vino está bueno, tiene un toque agrio que contrasta con el dulce de la uva. Resulta embriagador, pero no empalaga.

—¿En qué piensas?

—No es nada. —Da un trago largo con el que se termina el vino de la copa.

—Puedes desahogarte conmigo. ¿Es por lo de Latinoamérica?

Me incorporo lo justo para mirarle. Su pecho sube y baja. Lo percibo a pesar de que, en parte, se camufle con las burbujas y el agua. Supongo que cuando estamos nerviosos, uno de los más afectados es siempre a nivel general el sistema respiratorio. A lo mejor, porque el cerebro interpreta las situaciones incómodas como un inminente peligro. Descarga de adrenalina.

—Vi tus búsquedas en el ordenador.

Perpleja, pestañeo. Creo que esperaba cualquier cosa menos eso.

—¿Miraste mi historial?

Me pongo en pie, molesta por la falta de intimidad.

—Déjame que te lo explique.

—¿Qué me vas a decir? —Estiro el brazo, intentando alcanzar la toalla—. ¿Que clicaste en los tres puntos del menú superior del navegador para entrar en las búsquedas sin querer? Mejor explícame el motivo, porque no te he dado razones para desconfiar.

—No fue así. Ven. —Me da la mano para que me siente, sumergiéndome de nuevo en la bañera—. Te habías quedado dormida en el sofá con el ordenador encendido. Solo quería apagarlo, pero tenías abierto el navegador. Leí el título de uno de los artículos. Decía: «¿Por qué me cuesta tanto dormir cuando no está mi pareja?». Admito que después me fijé en la cantidad de pestañas que tenías abiertas relacionadas con ese tema.

—¿Cuándo fue eso?

—Al volver de Francia; la noche que se retrasó el vuelo por problemas técnicos.

—¿Y llevas desde entonces sabiéndolo? —Me llevo las manos a la cabeza—. ¿Por eso ya no haces casi viajes?

Realiza una pausa tan marcada que ni siquiera necesito una respuesta para saber que, el motivo de sus reticencias laborales, soy yo. La música se hace con el espacio que nos separa, hasta que Aitor me atrae hacia él. El agua todavía está caliente y la espuma que se mece en la superficie me relaja. Lo abrazo cuando me rodea con los brazos, inhalando el olor de su piel, que persiste a pesar de los aromas que impregnan el aire de la estancia.

—Hice lo que tenía que hacer. Los falsos rumores de mi relación con Ari, las portadas y los artículos de las revistas publicando difamaciones, el tiempo de rodaje y mi ausencia en los viajes… Te generan ansiedad, Julia. No podía quedarme con las manos cruzadas.

Proceso la tormenta de palabras, y admito que escuecen.

—No puedo sentirme peor. —Apoyo mis manos en su mentón, suplicante—. Y tú no puedes parar tu vida por mis inseguridades. Seguro que habrá algo con lo que pueda paliar con estos malditos nervios.

—Julia…

Sé lo que va a decir, por eso me adelanto:

—Lo sé. Son muchos meses.

—Exacto. No necesito ese papel. Soy feliz contigo en Madrid, y en la Academia estoy aprendiendo a pulir mis interpretaciones. Me basta con lo que tú y yo hemos construido.

—A mí no.

Salgo de la bañera. Descalza, cojo la toalla que he dejado en el colgador, repitiendo en mi cabeza que solo serán unos meses. ¿Y qué es eso al lado de toda una vida?

—¿Qué quieres decir?

Sale también del agua, quedándose a mi espalda.

—Que vas a aceptar el contrato de Latinoamérica. Ahora crees que no lo necesitas, pero… ¿Y si dentro de unos años te arrepientes? ¿A quién culparás entonces? Hablamos de la posibilidad de que tu talento sea reconocido a nivel mundial. Mundial, Aitor. Además, nunca he ido a Latinoamérica.

Se emociona tanto que trastabilla.

—¿Qué has dicho?

—Ya me has oído, no conozco Latinoamérica. Si no me equivoco, el clima es tropical. Y ya sabes que el sol, el calor y el mar, son mi perdición. —Ato el nudo de la toalla alrededor de mi pecho. Está tan desconcertado que no se mueve, ni siquiera sabe qué decir—. Voy a creer que no quieres que vaya si continúas callado.

—Julia, ¿hablas en serio?

—Más que nunca.

—¿Y el trabajo? Te apasiona lo que haces.

—Lo haré desde allí. Cerraré la agenda antes de irnos, solo necesitaré el ordenador.

—¿Y las reuniones?

—Las realizaré por videollamada.

Trémulo, se arrodilla en el suelo. Con el nudillo del dedo índice limpia una de las lágrimas que llegan hasta su barbilla. Dándome las gracias tantas veces que tengo que ser yo quien le incorpore, tirando hacia arriba de sus hombros. Admiro que exprese sus sentimientos sin vergüenza. La mayoría de las personas no entienden que llegamos vacíos a este mundo, sin nada, y que nos vamos tal y como venimos. Lo único que prevalece por encima de la muerte son los recuerdos que dejamos.

—Tenemos toda la vida para disfrutar de todo —digo en su oído.

A lo mejor es una locura, pero tengo el presentimiento de que las cosas nos van a salir bien y de que el mundo está a nuestro favor. Que el amor no es solo química, sino pieles que se entienden con increíble pleitesía. Porque es un sentimiento que no necesita ser entendido ni visto.

—Vendrás conmigo a Latinoamérica.

Pronuncia cada palabra como si aún no lo creyera.

—Sí. Iré contigo.

Capítulo 19, Julia

Desde que la señora Herrero pisó la agencia de George, creamos una especie de vínculo laboral que, a día de hoy, permanece intacto. Por eso, después de volver a Madrid y contar a mis padres lo de Latinoamérica, Mercedes ha sido la primera persona de mi lista de clientes en saber de mi marcha.

Mi cara ha sido impresa en revistas y periódicos con titulares llamativos. En todas las calles, presido la cristalera de algún escaparate, ya sea de quioscos, librerías, bares e incluso de los centros comerciales. Todos los medios hablan del beso que Aitor me ha dado en la entrega de premios.

Durante horas les he contado a Marga y Olga lo que fue el evento, los famosos que Úrsula tuvo la amabilidad de presentarme en la gala, mientras Aitor posaba en el *photocall*. Pueden imaginar cómo era de impresionante la habitación del hotel por mis descripciones. Y lo del viaje me lo guardo para antes de colgar. Las dos se han alegrado mucho.

Mis padres han sido otra historia; su reacción es como mezclar en un vaso agua y aceite. Antonio ha mostrado con orgullo las revistas y periódicos que ha comprado durante el paseo matutino. En cambio, Espe teme que el intrusismo de los medios en mi vida privada acabe trayéndonos problemas. Al decirles que estaré fuera desde febrero hasta septiembre, se ha asentado en mi estómago un pesado nudo. Nunca he pasado tanto tiempo separada de mis padres ni de mi abuela, ni siquiera de Madrid. Pero entienden que por amor se hacen locuras como la de decidir, en cuestión de unas pocas horas, que en dos meses nos vamos a un clima tropical en la mismísima Latinoamérica.

Aunque no he salido de España ni presidido hasta ahora las portadas de los medios, lo que me preocupa es no encontrar mi sitio. Aquí lo tengo: un hogar, mis amigas, la abuela, papá y mamá. ¿Pero allí? Aitor jura y perjura que no me va a faltar de nada, que alquilaremos una casa que se parezca a la nuestra y que, después de cada rodaje, vendrá directo al que por entonces será nuestro hogar durante un plazo previamente consensuado. Pero ni con eso consigo dejar de sentirme fuera de lugar; como si mi cabeza se hubiera convencido de que en vez de impulsarlo, mi presencia pudiera mellar sus jornadas de trabajo.

—Como te comentaba —dice Mercedes, calentándose las manos con la humeante taza de cerámica en la que el camarero ha servido el café—, bastará con reunirnos un par de veces esta semana y la que viene. Eres una chica lista, tengo la convicción de que sabrás dar a la nueva colección de joyas la imagen que he recreado en mi cabeza, independientemente de que estés aquí o en Latinoamérica.

—Deberíamos dejar seleccionadas las paletas de colores, la estrategia de marketing y contratar al *freelance* antes de mi ausencia. De la campaña de Navidad me ocupo yo, ¿vale? Estaré aquí en el mes de enero.

—De acuerdo. ¿Una berlina? Conozco a la cocinera, hace la mejor crema de la ciudad.

—Sí, claro.

Cerramos más de un cabo suelto mientras desayunamos. La señora Herrero es una persona ocupada, por eso nuestras reuniones suelen ser a primera hora de la mañana. Elián, otro de mis buenos clientes, es completamente lo contrario. Tiene tiempo por la noche, cuando apaga el teléfono después de una larga jornada atendiendo llamadas. Cuando quedamos por trabajo, solemos cenar en cualquier restaurante tranquilo que encontramos, para mantenerme al tanto de las novedades, actualizaciones o cambios en su página. Tiene un concesionario que funciona bien, herencia familiar. A Uriel, un hombre amable de unos cincuenta años, le conocí a través de él. Se dedica a la fotografía. Constantemente genera contenido en el *blog* que hicimos dedicado a sus sesiones, esas en las que mostramos las fotos de los recién nacidos, bodas, paisajes, coches… Él fotografía cada coche nuevo que entra al concesionario de Elián. Tardé meses en darme cuenta de que compartían con discreción algo más que amistad.

—¿Te ha llamado Freya? Me preguntó por ti. Quiere que hagas el diseño de la tienda de moda nueva que ha abierto en Valencia.

—Contactó conmigo la semana pasada. Gracias, por cierto. Me contó que le hablaste muy bien de mí.

—Solo dije lo que pienso.

Mercedes me tiene en alta estima. Desde que nos conocimos valora mi trabajo, me ha tratado con empatía y ha conseguido que más de un cliente se interese por mis servicios. Algo que George nunca hizo en los años que trabajé para su agencia. Pruebo la nueva berlina que la cocinera trae en persona para saludar a Mercedes. Está bañada en cacao y, por dentro, rellena de crema. Mientras ellas charlan, aprovecho para teclear en el ordenador, ajena a la conversación. Al fondo del bar, observo a una pareja joven. Los dos están inmersos en las pantallas de sus respectivos teléfonos sin mirarse ni hablar. Solo de forma esporádica, la chica levanta los ojos del aparato para dar vueltas al contenido de la taza. Me pregunto si estarán enfadados o si, a lo mejor, cabe la posibilidad de que la monotonía les haya mermado hasta llevarlos a ese estado de indiferencia, como nos ocurrió a Elías y a mí.

—Creía que eran falsos los rumores.

Da vueltas al café.

—¿A qué te refieres?

Me inclino hacia la señora Herrero cuando la cocinera regresa a su puesto de trabajo. Saca del bolso una de las revistas más vendidas de salsa rosa y leo el titular principal. El mismo que se publicó ayer por la noche en un periódico digital: «Sorpresa en la entrega de premios por el beso del actor del momento a la diseñadora de la tienda en línea de Mercedes Herrero». Avergonzada, me encojo de hombros. Si algo me ha caracterizado desde que trabajo por cuenta propia es la profesionalidad, el compromiso en los tiempos de entrega, el trato al cliente y la discreción. No he sido muy inteligente al dejarme llevar por la euforia en un evento donde priman los focos de las cámaras, pero tan solo me pareció un impulso, un estímulo, una decisión sin meditar que ambos dimos desde el corazón.

—Lo siento mucho, Mercedes. Es un despropósito que te mencionen en estas... Revistas.

Hago énfasis en la última palabra con una mueca de disgusto. Ella levanta una mano para restar importancia al asunto.

—Que pongan lo que quieran, publicidad gratis.

Pasa numerosas páginas antes de doblar una de ellas con determinación y leer, en alto, el titular del artículo: «Antoine Blanc y Savannah Sáez en trámites de divorcio».

Tiro de la revista para observar cómo sale la pareja por separado; cada uno en una imagen tomada en momentos y lugares distintos. Ella posando sin bajar la cabeza, con el mentón alto y su actitud altiva. En cambio, él se muestra pesaroso, triste y permanece de pie con las manos en los bolsillos. Me río antes de empezar a leer el artículo. Es una risa nerviosa, sardónica, que acompaña a los acelerados y agobiantes latidos de mi pecho. Recuerdo cuando coincidimos con ella y su marido en la inauguración del restaurante al que fuimos con Ariadna. Nunca olvidaré la cara de Aitor en ese momento, la expresión vacía al ver que su ex estaba en la misma mesa que nosotros o cómo apretaba con fuerza la mandíbula, reviviendo en su mente lo que sufrió. Todavía puedo ver a Savannah mirar la silla vacía con discernimiento y retorcer, en reiteradas ocasiones, la tela de su servilleta mientras él permanecía fuera del local. Porque las miradas pueden decir mucho, y la de ella gritaba a voces que en su fuego, todavía quedan ascuas.

Exclusiva: Antoine Blanc y Savannah Sáez en trámites de divorcio
Aunque hace algunos meses que se hablaba de una tirantez notable en el matrimonio, faltaba que uno de los dos protagonistas lo confirmase. Ambos llevan semanas sin compartir fotos juntos en redes sociales, lo que ha conseguido que entre sus seguidores saltaran las alarmas. Antoine se abstiene por el momento de informar acerca de su situación sentimental frente a la prensa. Savannah, en cambio, ha declarado abiertamente que hoy firman la separación de mutuo acuerdo en el Registro Civil. Así lo ha contado en su última publicación, dedicada a todas aquellas personas que la acompañan desde sus inicios y a quienes ha querido agradecer el apoyo constante. Si los rumores son ciertos, la joven modelo, *influencer* y debutante actriz ha decidido centrarse en su carrera profesional y en el arte de la interpretación. Deducciones que sacamos de ese mismo artículo, en el que ha citado una frase de Máximo Huerta: «El peor sentimiento no es estar solo. Es ser olvidado por alguien que tú nunca vas a olvidar». ¿Será que Sáez no es correspondida por un romance del pasado? Descúbrelo este viernes en directo, a partir de las diez.

—Parecían tan felices que cuesta creerlo.

Levanto la cabeza de la hoja cuando Mercedes me habla. Ni siquiera me he dado cuenta de que tengo los ojos tan solo a un par de centímetros de distancia del papel. Ruborizada, le devuelvo la revista.

—Lo cierto es que no he seguido su historia.

—Y tú, ¿cómo llevas la tuya? —Con su característica sofisticación, cambia de tema volviendo a la imagen de portada—. El beso parece sacado de una película.

—Lo fue. Si me disculpas —arrastro la silla hacia atrás, sin ganas de indagar en mi vida—, voy a acercarme a la barra. Necesito una tila.

—¿Te encuentras bien?

—Sí, solo estoy nerviosa por el viaje. Me gustaría dejar hecha la paleta antes de irnos.

Admiro a la gente que es transparente. A ese reducido número de personas que se atreve a decir indistintamente «sí» o «no». A aquellas que no se comprometen si no quieren, porque cuando lo hacen es de corazón. Pero hoy, la que no está siendo clara, soy yo. Y eso está bien. No todos los días tenemos que ser igual de fuertes.

Capítulo 20, Julia

La ropa de Marga resulta de lo más extravagante. Abajo, luce unos pantalones rosas de campana. Llevan un estampado geométrico de color azul, morado y verde. Arriba, el jersey es grueso, naranja y con pequeños pompones amarillos. Por encima, una chaqueta vaquera de borreguito, en la que sobresalen cuatro ovejas cosidas con relieve.

—Hay periodistas en la puerta. —Deja el bolso neón de tachuelas en la mesa. A pesar de su atuendo crocante, está estupenda—. Como sigan ahí cuando me vaya, salgo con la manguera y les calo hasta el agujero del...

—No es necesario que sigas. ¿Refresco, agua o vino?

Se sienta tan despreocupada como siempre; en calma. Todo lo contrario a Olga, que suele ser un torbellino de nervios.

—Si vamos a desplumar a la ex de Aitor, entonces vino.

—No vamos a desplumar a nadie.

En lo que cojo las copas, dejo que vaya buscando el programa. Aitor no sabe nada, y no seré yo quien le cuente que, su ex, la misma que le abandonó en el altar hace años por Antoine, acaba de divorciarse y publicado en redes sociales una indirecta para alguien de su pasado. Cuyo nombre tiene pinta de empezar por «a» y acabar en «r».

Regreso con el vino y varias tapas preparadas. Olga coge enseguida la videollamada. De vez en cuando, oímos a su hijo y a Harry de fondo.

—Nico, ¿quieres saludar a Julia y a Marga? —El pequeño ha dado un estirón notable desde que se mudaron a Barcelona y hace unos sonidos parecidos a las gárgaras cuando le enfoca la cámara—. La terapia le está viniendo muy bien.

—Cómo me alegro. —Adapto el soporte para no tener que sujetar el móvil con las manos—. Dime si desde aquí nos ves bien. —Mueve la cabeza en un gesto afirmativo— ¿Y la pantalla de la tele?

—También. Es como estar con vosotras, pero sin estar.

La entrevista comienza con la presentación de Savannah, continúa con la emisión de un vídeo de dos minutos en el que la cadena ha resumido su recorrido profesional y el paso de su relación con Antoine. Toma asiento en el sofá negro individual cuando entra en plató. Esta vez, luce una melena suelta, ondulada de manera meticulosa. Sus piernas parecen todavía más largas gracias a los finos tacones de los zapatos y a esa postura ladeada en la que junta las rodillas con delicadeza, sin aplastarlas. En las uñas almendradas, lleva una manicura natural, como en la noche de la cena. Su rostro ha sido estilizado con versatilidad, tan solo realzando las pestañas, el labio superior y la punta de la nariz. Conforme habla con la presentadora, compruebo que se relaja. Parece más una charla entre amigas que un programa en el que «ella» es el foco de las cámaras.

La primera media hora se hace pesada. Las preguntas son tan superficiales hasta el momento que no generan interés.

—Estoy hasta el higo —se impacienta Olga—. Esto no nos interesa.

—Tienes razón —Marga se lleva un anacardo a la boca—, es aburridísimo.

Justo detrás de la *influencer* debutante a actriz, aparece la imagen de su última publicación en redes sociales; y la frase del autor español que añadió al final de su declaración. Loles, la presentadora, repite las preguntas que dirección realiza desde el pinganillo:

PRESENTADORA: ¿Has sido desleal a tu exmarido, Antoine Blanc?

SAVANNAH: No. Dimos por finalizada la relación hace unos meses, pero decidimos no hacerlo público tan pronto. Por eso, tampoco firmamos en el Registro Civil hasta el martes.

PRESENTADORA: ¿Había motivos de fuerza mayor?

SAVANNAH: La distancia entre nosotros para compaginar la vida laboral con la personal. Él pasa buena parte del día en la agencia y yo apenas tengo tiempo entre las sesiones de fotos, trabajar de figurante y generar contenido en redes sociales.

PRESENTADORA: ¿Habéis pactado que seas tú quien cuente las razones de la separación para que no haya disparidad entre las declaraciones?

SAVANNAH: A pesar de lo que la gente pueda pensar, no existe tal pacto. Si Antoine no habla es por respeto a mí, y porque aún no está preparado. Que nuestros caminos tomen rumbos distintos solo significa que ninguno somos convenenciero. Que nuestra relación ha sido tan real como la de cualquier persona no mediática. Y que, cuando el amor se acaba, lo mejor es lo que hemos hecho; separarnos.

PRESENTADORA: ¿Cómo está tu corazón ahora?

SAVANNAH: Perdido, pero relajado.

PRESENTADORA: ¿Habéis mantenido contacto desde la ruptura?

SAVANNAH: Pocas veces. Como te he dicho, todavía no está preparado.

PRESENTADORA: ¿Puede ser que la separación te haya afectado menos que a él?

SAVANNAH: Es probable. Las cosas se volvieron demasiado fáciles, demasiado previsibles, demasiado rutinarias. Una tarde entré en casa y Antoine veía libros de fotos en el jacuzzi. Siempre lo hacía, se pasaba los días ojeando imágenes de jóvenes rostros y cuerpos nuevos, frescos, para convertirlos en talento frente a las cámaras. Ni siquiera saludó, tan solo me mostró una imagen y dijo: «¿Qué te parece este?». A tal punto llegamos.

PRESENTADORA: ¿Es cierto que dejaste tirado en el altar a la estrella del cine, Aitor Montiel, para empezar una relación con Antoine?

SAVANNAH: Me vas a perdonar, pero no he venido para esto.

PRESENTADORA: Savannah, has firmado un contrato.

—Será hija de… —no acaba la frase. Le ha prometido a Harry que no dirá palabras malsonantes con Nico delante—. Me juego el cuello a que ha sido ella misma la que ha vendido las fotos en exclusiva.

—¿Tú crees? Si hasta le moquea la nariz.

—Marga, tía… Que estudia interpretación. Actuar es su forma de vida.

—Ya lo sé, pero los mocos no se fingen. O los tienes o no.

—Callaos ya. —Pido agobiada—. Quiero escuchar lo que dice.

En la pantalla, aparecen algunas imágenes filtradas de la boda. Y en un vídeo, Aitor corre tras el escarabajo rojo que conducía Savannah.

SAVANNAH: Si sale una foto más de ese día, abandono el plató.

PRESENTADORA: Está bien. Me informan desde la dirección del programa que se comprometen a no emitir más imágenes de la historia que mantuviste con el actor. ¿Te gustaría mandarle un mensaje?

SAVANNAH: Mm… Está bien. Sí.

PRESENTADORA: Tu cámara es esa de ahí.

—Lágrimas de cocodrilo, veréis. Esta es una pájara.

—Olga, ¿te puedes callar?

—Si quieres la silencio —Marga se acerca al teléfono—. Aprovechemos ahora, Julia, que en persona no podemos.

—Mira, que no se te ocurra, porque te calzo una colleja cuando te vea de esas bidireccionales.

Baja el volumen del móvil, ignorando las contestaciones de Olga. Desde ese momento, ya no escuchamos sus comentarios ni hay interrupciones, tan solo vemos que hace aspavientos con ambas manos y que gesticula bastante molesta, con ambos brazos cruzados.

SAVANNAH: ¿Ya?

PRESENTADORA: Cuando quieras…

SAVANNAH: Voy. Em… Quiero pedirte perdón públicamente, porque me arrepiento de lo que hice. En ese momento necesitaba alzar las alas y mirar por mi futuro. No espero que lo comprendas pero, al menos, ya sabes que el motivo no eras tú. Me gustaría que hablásemos, para cerrar la etapa que dejamos colgando de un puente suspendido en el abismo. Un período muy doloroso. Porque todos necesitamos que la persona a la que más queremos venga un día y nos sostenga, aunque ya no nos quiera.

PRESENTADORA: Emocionantes palabras. ¿Crees que Aitor Montiel aceptaría un cara a cara contigo en el próximo programa?

SAVANNAH: No lo sé. Llevamos años sin mantener contacto. Imagino que lo único que sabemos el uno del otro, es lo que publican los medios.

PRESENTADORA: Un momento. Me dicen desde la dirección que Aitor se encuentra al teléfono.

SAVANNAH: ¿Voy a poder hablar con él?

PRESENTADORA: Un momento. Aitor, ¿me oye? ¿Hola?

AITOR: Sí, la escucho. Buenas noches.

PRESENTADORA: Buenas noches. Soy Loles, presentadora del programa. Un placer tenerle con nosotros.

AITOR: Siento no poder decir lo mismo.

PRESENTADORA: Lo entiendo, lo entiendo. Confírmeme si mis compañeros le han transmitido el mensaje de Sáez.

AITOR: Sí, lo han hecho. Si me permite, solo pretendo hacer una declaración al respecto. Seré breve.

PRESENTADORA: Enseguida voy a darle paso, pero antes… Hay alguien que desea saludarle.

SAVANNAH: Aitor, soy yo.

AITOR: Loles, no voy a hablar con ella. Me encuentro en una reunión de trabajo y tengo poco tiempo.

PRESENTADORA: ¿Le gustaría tener esa conversación pendiente con Savannah en el próximo programa?

SAVANNAH: Por favor. Necesito decirte que…

AITOR: No hay ninguna conversación pendiente. La persona que está ahí sentada y yo no tenemos que hablar nada. La relación que tuvimos acabó el día que me dejó solo en la iglesia, delante de nuestros amigos y familiares, para irse con Antoine Blanc.

PRESENTADORA: Aitor, ¿sabía que ese era el motivo de su huida?

AITOR: Lo descubrí más tarde, cuando encontré la noticia de su enlace en un titular mientras paseaba por la calle.

SAVANNAH: Si tan solo me escucharas…

AITOR: Si vuelve a interrumpirme tendré que dar por finalizada la llamada.

PRESENTADORA: Le pido perdón. Equipo técnico, desconectad el micro de Sáez. Continúe, Aitor.

AITOR: Solo quiero dejar claro que, cualquier cosa relacionada con esta persona, forma parte de un pasado que no quiero tener presente ni rememorar. Me ha costado mucho pasar el bache, y si lo he conseguido es gracias a Julia, a quien conocí antes de conseguir el papel en El Sobre de Patrick. Mi pareja ya tiene bastante presión con que la prensa persiga sus pasos a sol y a sombra, como para tener que ver las fotos de mi relación anterior u oír semejantes declaraciones.

PRESENTADORA: Se sabe que dentro de poco se marchará a Latinoamérica. ¿Cómo cree que gestionaréis una relación a distancia?

AITOR: No será un problema, puesto que vendrá conmigo durante el tiempo que dure el rodaje. Dicho esto, considero que no tengo nada más que añadir. Buenas noches, Loles.

PRESENTADORA: Gracias, Aitor. La dirección del programa y yo, le agradecemos que nos haya dado la oportunidad.

Apago la tele cuando Savannah se quita el micro y lo tira de malas formas al suelo, antes de irse del plató. Olga no está muy contenta con nosotras después de haberla silenciado, ,pero opina de la entrevista, de las palabras de Aitor y del comportamiento de Savannah. A Marga tampoco le ha gustado la joven debutante e *influencer*. Y aunque a mí tampoco, me abstengo de decir nada. Lo único en lo que puedo pensar es en cómo se estará sintiendo Aitor y en que mañana por la mañana, con total seguridad, Savannah y él serán protagonistas en todos los medios.

Capítulo 21, Aitor

Tras lo ocurrido en el programa de Loles, la prensa no está siendo un factor molesto, consecuencia de mi carrera profesional, sino invasivo. De hecho, un periodista intentó saltar la tapia que rodea el patio de casa, para hacer unas preguntas a Julia. Tuvo lugar al rato de haber finalizado mi llamada en la emisión. Suerte que Marga se iba en ese momento y le sorprendió agazapado entre las sombras. Por lo que tengo entendido, le caló con el agua helada de la manguera hasta que los dientes le castañearon. Si fuese verano, la situación podría parecer cómica, pero estamos en diciembre. En Madrid hace un frío desmesurado.

La falta de intimidad y respeto por algunos periodistas llegó tan lejos que decidí alejar a Julia de allí. Días más tarde, entré en su despacho y dije: «haz las maletas». Me miró extrañada, como si esas tres sencillas palabras fuesen todo un reto para ella. «¿Adónde?, tengo mucho trabajo», contestó sin separar las manos del ordenador. Con frecuencia, se evade del mundo mediático sumergiéndose en el laboral. Otro de los motivos por los cuales sugerí que aplazase las reuniones para la segunda semana de enero, que se llevase el portátil para continuar trabajando y que cogiera ropa para todos los climas, porque íbamos a hacer varias paradas antes de llegar al destino final. «¿Qué paradas?», preguntó entusiasmada. Besé sus labios con tantas ganas que la piel de alrededor se enrojeció. Mi apetito por ella se está volviendo adictivo e insaciable. Me avergüenza contar que también le di cinco mil euros en efectivo, para que se comprara lo que necesitase. No hace falta decir que me los tiró a la cara. Ni que puso los brazos en jarras. Ni que me gritó, en una actitud bastante altiva, que ella no necesita mi dinero para comprarse un par de bikinis, un abrigo y dos chanclas.

Nos acercamos a casa de mis padres para despedirnos, después a la de los suyos. Su abuela, Clemen, sujetaba la muñeca de trapo que Klaus mandó hacer para ella. La anciana se mecía en la hamaca con el conejo de pelo blanco tumbado en su regazo. Aunque la encontramos en una actitud más sosegada, su salud no está bien. El deterioro es palpable. Por eso, Julia llora cada vez que se marcha de allí. No lo hace delante de mí, dar pena es algo que detesta. Ella actúa con sutileza; sugiriendo que vaya arrancando la moto. Suele tardar dos o tres minutos más que yo en montar. Y cuando lo hace, tiene las ojeras hinchadas, los ojos irritados y las mejillas humedecidas.

La primera parada que hemos hecho antes de llegar a Tailandia ha sido en Suiza; donde hemos podido ver la ciudad de Zúrich. Las pintorescas avenidas de la Altstadt a los lados del río Limago nos han impresionado. Sabía que le haría ilusión conocer Roma, por eso decidí que sería nuestro segundo destino. Visitamos la ciudad en autobús y bajamos en los puntos de interés turístico que más nos interesaban sobre la marcha: El Vaticano, El Coliseo, La Plaza Venecia… La Fontana di Trevi le gustó tanto que fue lo último que vimos. De la ciudad eterna viajamos a Hydra, una de las más visitadas islas griegas. El hotel se encontraba en Atenas, por lo que tuvimos que coger un ferri para descubrir las joyas que se encuentran en el golfo Sarónico. El puerto, las casas de piedra, los veleros y la ausencia de tráfico, nos dejaron disfrutar de un paraíso con encanto. Antes de coger el avión a la tarde del día siguiente, compramos *souvenirs* en el Mercado de Monastiraki, vimos el famoso templo de Zeus, el Arco de Adriano y comimos la mejor musaka en la Plaza Sintagma, en la que disfrutamos de la curiosa ceremonia del cambio de guardia. De Atenas vinimos aquí: a Tailandia.

Las islas de Koh Phi Phi son de una belleza natural insuperable. Estamos en la que se conoce como Koh Pai, aunque la gente suele identificarla por Bamboo Island. Al principio, pensé en hospedarnos en Maya Beach, pero cambié de idea después de leer en varias reseñas de complejos hoteleros la gran afluencia de turistas. Quería estar tranquilo, en un lugar increíble donde poder disfrutar de la intimidad que la fama y el escándalo no nos permiten tener en Madrid. Y, demonios, esto no podría ser mejor. Hoy es nuestro tercer amanecer en el paraíso.

Alquilé una casa de madera en Tonsai Village, donde una familia tailandesa que regenta un complejo hotelero se encarga de la atención de los huéspedes. Malee, una señora gibuda de unos sesenta años, nos acerca cada mañana una bandeja con el desayuno. La comida y la merienda nos la prepara para llevar a las once; hora en la que Somchai nos recoge en su bote para llevarnos a Bamboo Beach, donde pasamos el resto del día. Somchai vuelve a las siete de la tarde a por nosotros. Cuando regresamos a Tonsai Village, Malee ya ha preparado una bañera de agua tibia con flores secas, velas y toallas de algodón. La cena es en la terraza. Anoche nos sirvió una gran variedad de opciones. Entre ellas, el *tom kha kai* y la ensalada picante de papaya, *Som Tum*.

—Estoy tomando el Sol en una playa de arena blanca con aguas turquesas en diciembre. ¡En diciembre! —repite, aún entre la incredulidad y el entusiasmo—. ¿No te parece increíble?

De la nevera portátil, Julia coge un granizado de lima y la pitahaya amarilla. Le gusta porque es más dulce que la roja. Le sienta tan bien el bronceado, el ruido de fondo de un mar calmado y la paz que irradia esta parte del mundo, que me pregunto si será normal que no pueda dejar de mirarla.

Despreocupada, luce el bikini verde que compró hace unos meses para nuestra escapada al balneario. Me gusta que lleve su larga melena suelta; sin gomas, pinzas ni horquillas. Así, el cabello ondea a cada paso, reflejando la luz que recibe en forma de cobrizos destellos. Trago saliva cuando se sumerge para nadar en las aguas cristalinas, porque la tela se pega a la silueta de su cuerpo. Dejo nuestras pertenencias en la mochila y la comida sobrante en la nevera portátil. Somchai estará al caer. Somos los últimos clientes a los que recoge.

Dejo las cosas en la orilla, para luego sumergirme en el mar. El agua está templada y se mece con delicadeza. Nado hasta ella.

—Estaba a punto de salir para ir a buscarte —murmura, despreocupada.

Dejo que el mar nos mueva en un vaivén hipnotizante cuando coloco las manos en su cintura. Deslizando una de ellas hasta la línea de su espalda.

—Querida, Julia. ¿Me he adelantado a tus deseos?

—Bueno, creo que —hace movimientos circulares con los dedos, señalando la isla— esto podría serlo. Es impresionante.

—Tú eres impresionante.

Hunde los dedos en mi cabello. Lo tengo más largo que otras veces y hay mechones que escapan rebeldes por mi frente. Le gusta jugar con ellos, tocarlos y volver a colocarlos con el resto. Aunque sabe que resulta inútil, enseguida vuelven a ocupar el mismo sitio, como si gritasen, inconformistas, que su estilo natural es así: desaliñado. El sonido del mar es magnético y el vaivén que nos mueve, crea pequeñas sacudidas provocadas por el roce de nuestras pieles. Toda la sangre se concentra en una parte de mi cuerpo cuando enreda sus piernas alrededor de mi cadera. Inmerso en una atracción nada común que amenaza con hacerme perder la cordura y los demonios, recorro el cuerpo de Julia con los dedos. Acaricio su piel, su largo cabello y deshago el lazo de la parte superior del bikini, dejando que sus pechos queden suspendidos en el agua. Me deleito observándola. La atraigo hacia mí para besarla y nuestras lenguas se encuentran cuando me hundo en ella. El sonido del mar queda sustituido por el del constante chapoteo que generan nuestros movimientos.

La tensión, la sensibilidad y las caricias, se intensifican tanto que no tardamos en llegar al clímax. Y es que hay ocasiones en las que necesitamos algo así; pulsátil, fugaz. Placentero. Porque la vida sabe mejor cuando olvidamos que el reloj tiene agujas.

Su aliento roza mi cuello.

—Te quiero tanto, Aitor.

Nunca me cansaré de la calidez ni de la ternura que desprende con cada beso.

—Al principio no me lo pusiste nada fácil, pelirroja.

Se ríe sin taparse la boca. Y eso me gusta.

—Dicen que lo bueno siempre tarda.

—Ha merecido la pena. ¿Recuerdas cuando te atragantaste con el anacardo? De todos los bares que tiene Madrid, vamos nosotros y coincidimos.

—Creí que no lo contaba. ¿Te das cuenta de lo frágiles que somos? El atragantamiento es la tercera causa de muerte no natural. Puedes estar más vivo que nunca y en cuestión de uno o dos minutos, fin. Pasaporte al otro barrio porque se te quede en la tráquea un pedazo de pan.

El ruido de un bote nos avisa de que son las siete.

—Salgamos, ya viene Somchai.

—Ojalá pudiéramos pasar una noche aquí. Sería precioso.

—Sí, lo sería.

Desde la orilla, vemos el bote de madera. Julia se pone encima del bikini un pareo y se calza con las chanclas de color caramelo.

—¿Traerá Malee más rollitos de verdura para la cena?

Cargo con nuestra mochila y la nevera hasta el bote.

—Puedes pedir lo que quieras; está todo incluido. Oye, una cosa —me paro, haciendo que se detenga—, yo también te quiero.

—¿Sabes? Deberíamos decirlo más a menudo.

—¿El qué?

Saluda a Somchai al subir al bote.

—Que nos queremos.

De nuevo, introduce los dedos entre los mechones de mi cabello, revolviéndolos. Somchai contempla la escena con admiración. No por nosotros en sí, sino por la relación que Julia y yo tenemos. En Tailandia, tocar la cabeza a una persona se considera la mayor de las ofensas. Según el budismo, es la parte más sagrada del cuerpo, donde reside el alma. Pero al ver que lejos de ofenderme, su caricia me embauca, comprende que lo que nosotros tenemos es una relación sólida. Con cimientos.

En Tonsai Village, Somchai junta las manos a la altura del pecho para hacer una leve inclinación. Así se despide de nosotros cada noche.

—Adiós, Somchai. Gracias por traernos.

Julia imita la posición corporal del joven, que reprime una sonrisa al ver cómo se inclina en demasía.

—Adiós, señorita Julia.

Se despide.

Subimos varias escaleras hasta llegar a la casa de madera.

—¿Qué tal me ha salido?

—Insuperable.

—No es cierto. Hasta Somchai quería reírse.

Me divierte que ponga los brazos en jarras.

—Vale. Ha sido un poco patético.

—Ah… Así que patética, ¿eh?

Soy incapaz de reprimir las carcajadas cuando junta el entrecejo, elevando una ceja por encima de la otra. Si hay una cosa que nadie conoce, excepto ella, es que solo tengo cosquillas en la parte baja de las axilas. Y se aprovecha de eso. Entramos en casa como cabras montesas hasta que atrapa una de mis piernas. En consecuencia, caigo con estruendo sobre los cojines del sofá, haciendo que la estructura de mimbre cruja con mi peso. No sé cómo consigue echarme los brazos hacia atrás, pero lo hace, moviendo con rapidez los dedos en mi axila.

—¡Para! ¡Para!

Las carcajadas son cada vez mayores, tanto, que estoy seguro de que la piel de mi rostro se ha vuelto de color rojo.

—¿Quién es el patético ahora?

En medio de la guerra de cosquillas, una figura gibuda aparece por el pasillo que da al baño.

—Malee —jadeo por el esfuerzo—, pensábamos que ya no habría nadie.

—Disculpen, he terminado ahora. Solo faltaban flores en agua. En el agua —se corrige a sí misma. Lleva tantos años atendiendo a los turistas que ha aprendido a hablar español, inglés, francés, alemán y chino—. La cena está en la terraza.

—Realiza la misma reverencia que Somchai—. Buen provecho.

—Muchas gracias, Malee. Seguro que está deliciosa.

Agarro a Julia con sutileza, para evitar que vuelva a imitar la reverencia.

En la terraza, la fauna tailandesa nos ofrece el crujir de las hojas, los pasos de algún animal tras su presa, el aleteo de las coloridas aves que revolotean entre las ramas. El vaivén de un mar en calma. El clima tropical. Y por un momento, soy egoísta. Fantaseo con una escapada sin fecha de vuelta. Alejado del mundo, de los focos, de la prensa. Imagino un espacio donde solo cabemos nosotros. Sin fama, sin cámaras ni periodistas entrometidos acosándonos en cada rincón recóndito. Con un hijo o una hija. Quizá dos.

Capítulo 22, Julia

Ayer, Aitor consiguió dos plazas para un *tour* organizado desde Phi Phi Don. Fuimos, junto a un reducido grupo de personas, en barco hasta la isla de los monos. A pesar de que el guía insistió en que no se les diera comida, una pareja decidió que era buena idea ofrecerles rodajas de piña. Las traían en una fiambrera de bambú. Al principio, resultó enternecedor que los monos se acercasen. Hasta que la mamá de una de las crías mordió a la recién casada. Buscaba la cámara del teléfono para hacerse fotos con un diminuto mono cuando, «zas», notó los afilados colmillos en su antebrazo. Tuvimos que regresar al barco, para que el guía la acompañara al hospital más cercano. Le inyectaron la vacuna antirrábica.

—¿Vamos a hacer esnórquel?

—No exactamente —responde, con un mechón solitario en la frente.

—Cuando dices eso, ¿qué es en realidad lo que quieres que piense?

Nos llevan en lancha rápida a Koh Bida Nai, uno de los mejores lugares de Koh Phi Phi. Es la más pequeña de las dos islas Bida, junto a Koh Bida Nok.

—Ser paciente no es tu fuerte.

—Anda, dímelo.

—Buceo —claudica.

No puedo creerlo. Una cosa es hacer esnórquel y conocer la fauna marina desde arriba, y otra muy distinta, sumergirnos en las profundidades de un pequeño rincón del mundo submarino.

El hombre fornido que ha conducido la lancha, saca del arca los trajes de neopreno y las aletas, las características gafas que cubren la nariz y algo a lo que llama *jacket*.

—Los tiburones —dice el guía de buceo— no son peligrosos. Si os fijáis cuando estéis en el agua, podréis ver que tienen una mancha de color negra en la aleta. Son carroñeros, no depredadores. Suelen estar en la bahía y no les gusta mucho el sol. Lo más probable es que aparezcan por zonas rocosas oscuras.

—¿Y qué hacemos si nos da un ataque de ansiedad mientras nadamos? —La gente del grupo, excluyendo a Aitor, cruzan miradas entre sí—. ¿Qué pasa? ¿A nadie le da miedo bajar al fondo del mar? También se nos puede trabar el equipo o terminarse el oxígeno.

El guía explica sin mofa cómo proceder ante un ataque de pánico. A pesar de las risas de los demás, aclara que sufrir episodios de terror durante la actividad no es lo más frecuente, pero sí una posibilidad.

—¿Cómo te llamas?

—Julia.

—Harás la inmersión conmigo. Durante la actividad iremos todos juntos, en grupo. Si alguien se encuentra mal, como señal tirará con suavidad de mi aleta. Y si no alcanzase a esta, de la de su compañero.

Sumergirme resulta extraño. La visión se reduce en cuanto a distancia. Los sonidos del fondo marino se perciben de diferente manera a como los oímos en la Tierra. Y el agua pesa, como si la presión subacuática se concentrara en los oídos, en el estómago y en el pecho.

A pesar de ir a unos centímetros de distancia del monitor, Aitor nada a mi lado. Me mira con frecuencia, comprobando si me encuentro bien. Mi zona favorita es la de los corales en el arrecife, porque hay tantos colores como peces. En otro punto, encontramos paredes verticales de varios metros, cubiertas por amplios abanicos de gorgonias naranjas, rojas, rosas y moradas, donde descubro al pez escorpión, algunos pulpos y gambas, caballitos de mar y peces leopardo. Infinidad de animales acuáticos que ondean las aguas.

—Ha sido increíble. Los arrecifes, los corales, el pez payaso…

—¿Debería comprarte un equipo de buceo? Se rumorea que en el estanque grande de El Retiro encontraron, hace años, una caja fuerte durante las obras del 2001.

—Muy gracioso. —Me quito el traje de neopreno—. No me cansaría nunca de estar aquí.

—Serías incapaz.

—¿Por qué lo dices?

—Si estuvieras siempre tan lejos de tus amigas y familia, no serías feliz.

—Cierto. No seríamos nada sin la gente a la que queremos.

Malee me ha ayudado a peinarme. Tras el baño, ha recogido mi pelo con destreza en una robusta trenza de carrusel, enrollada alrededor de la alta coleta. Con sus propias manos, ha formado una corona de flores con orquídeas. Y, alrededor del cuello, me ha puesto un collar típico de allí, hecho con pequeñas y coloridas piedras.

—Malee, no puedo aceptarlo.

Toco las rocas ovaladas.

—Sí puede. ¿Cómo dicen ustedes allí? —Hace una pausa, pensativa—. Regalo. Es un regalo.

—En ese caso, ten. Lo vi en el mercado y pensé que te sentaría bien.

Saco del estante del armario un elegante y colorido vestido de manga larga, típico de Tailandia.

—Es seda. Usted sabe que esta tela vale más cara.

Se tambalea entre la sorpresa y la vergüenza.

—Es un regalo.

Repito, usando las mismas palabras que ella. Con satisfacción, me miro en el espejo que cuelga de la pared antes de ir con Aitor, que no me quita ojo en toda la velada. Es tan recurrente que me sonrojo y mis mejillas parecen dos ciruelas.

Paseamos por la playa hasta las butacas, nos acomodamos en segunda fila y esperamos unos minutos a que los turistas se sienten en los asientos colindantes. El espectáculo de fuego y danza comienza pronto. Media hora más tarde, se retiran del foco central para dar paso a cuatro personas mayores. Cada uno toca un instrumento diferente tailandés, con respeto hacia su tierra. Si tuviera que destacar algo de las personas de aquí, sería la lealtad que profesan. Como si de alguna manera tuvieran la constante necesidad de ser empáticos con los demás, de compartir y de vivir en un estado de sosiego, incompatible con el frenético ritmo al que los españoles nos hemos acostumbrado a vivir.

Capítulo 23, Julia

Visitar uno de los santuarios de elefantes está siendo una experiencia excepcional. Que animales tan grandes que podrían aplastarnos sin esfuerzo sean tan inteligentes y compasivos, resulta admirable. Subirse en ellos está prohibido. Agradezco que Aitor haya pensado en todo antes de elegir cuál conoceríamos, porque en otros todavía lo hacen. Los exhiben y moldean de forma macabra, para que los turistas puedan tomarse una foto. Y no puedo evitar preguntarme si debería ser a nosotros a quienes nos ataran, para ponernos a los pies de una de estas majestuosidades que nos ganan, a pesar de su condición animal, con sobrada ventaja en empatía e inteligencia emocional.

Los dos tenemos claro que no hemos venido en calidad de viajeros exploradores, tampoco de turistas, sino como voluntarios que apelan por viajes conscientes. De hecho, ha sido Malee la que habló con Aitor de este sitio mientras que, desde recepción, Somchai nos citaba con el organizador. Cuando dijo que al día siguiente teníamos que estar a las ocho de la mañana en Krabi, desde donde nos recogería un minibús, mi corazón casi sale disparado.

—Quiero comentarte una cosa.

Como hace cada vez que se pone nervioso, se toca el cabello.

—¿Pasa algo? —me alejo del grupo.

Apenas llevamos unos minutos aquí y ya noto que el lugar tiene un poder mágico: el de hacer que cualquier persona se sienta feliz.

Parece que le caigo bien a Jane, porque no se despega de mi lado. O a lo mejor es por llevar un pesado saco de maíz entre los brazos, porque con frecuencia me roza juguetona con la trompa. Los más veteranos nos han contado que tiene veinte años, pesa mil setecientos kilos y su historia resulta devastadora. Jane estuvo cautiva durante años en un circo ambulante que basaba su alimentación en dulces y comida, si es que puede llamarse así, que los propios cuidadores recogían de la basura. Los únicos paseos que daba eran dentro de la carpa durante los espectáculos. El resto del tiempo lo pasaba enjaulada en un habitáculo tan ridículo como pestilente. La rescataron malnutrida, deshidratada y con evidentes marcas de maltrato físico.

Dejo el saco al lado de los otros y alcanzo, antes de girarme hacia Aitor, unas cuantas mazorcas para Jane. Las coge con gracia antes de llevárselas a la boca.

—Quiero hacer una donación al santuario. Aún no he pensado cómo, pero creo que la mejor opción es contar con Malee. —Deja caer su peso en un poyete de madera—. Puede encargarse de comprar los sacos de maíz, por ejemplo. Y los vegetales. Le haría llegar el dinero desde España cada dos meses.

—¿Lo harías?

—Con Jane te brillan los ojos. Considero que no hay nada que merezca más la pena.

—Gracias. Son unos animales extraordinarios.

Parpadeo varias veces, conmocionada.

Cuando en el mundo unos tienen tanto y otros tan poco, resulta delirante darse cuenta de que la avaricia se camufla en cada rincón, en cada paso y en la mayoría de las personas. Si algo me gusta de Aitor, es que tener economía sigue siendo solo eso, acceso a oportunidades como esta: la de viajar a lugares que hasta entonces eran para nosotros inimaginables. Y no como les ocurre a otras personas, tan pobres, que lo único que tienen es dinero.

Paithoon se reúne con Jane. Es un elefante cinco años mayor que ella al que llamaron «ojo de gato» por la enorme cicatriz que cruza su párpado. Se lo hizo su antiguo cuidador cuando casi tira al suelo a una pareja y a sus dos hijas. Tenía la espalda destrozada cuando lo rescataron por haber estado los últimos años de su vida cargando con el peso del palacete, en el que transportaba a los turistas. Me alegro de que por fin disfrute en libertad.

Jane y Paithoon se comunican con graciosos sonidos que se asemejan a un gruñido. Ambos mantienen el contacto ocular y parece que pueden ver el mundo a través de los ojos del otro. Cabizbajos, entrelazan las trompas en un gesto con el que demuestran su afecto. Después, Jane se agacha, primero dobla las patas delanteras y seguido las traseras. Con su gran cabeza inclinada hacia abajo, me acerco para rascar sus orejas.

—Le has gustado. Está invitándote a subir.

—¿Es eso cierto, Jane? —susurro en una de sus grandes orejas cuando la voluntaria desaparece para mezclar los sacos de maíz con el resto de los alimentos—. Te lo agradezco muchísimo, pero no hace falta. ¿O acaso quieres acabar con la espalda como la de tu compañero?

Nunca sabré si ha entendido una sola palabra de lo que digo, pero lo parece cuando une su trompa con la de Paithoon. ¿Es posible sentir que un elefante me comprende mejor que muchas de las personas que se han cruzado hasta ahora en mi camino? ¿Será un disparate porque sea un animal? ¿O el escándalo sería creer que por no ser humanos no pueden entender nuestros sentimientos?

Doy suaves toques en su rugosa piel y tiemblo cuando dejo la mente en blanco para admirar el paisaje, cuando escucho con atención los sonidos de la selva y los ruidos que salen de las trompas de los elefantes. Esta experiencia es un privilegio, una lección de vida y una enseñanza. Entonces, me pregunto cómo sería vivir aquí y poder venir a diario al santuario, cómo sería levantarnos cada mañana con el ruido de los pájaros tropicales que revolotean de rama en rama, en lo alto de los frondosos árboles de raíces arraigadas, escuchar el mar en calma, pisar descalza la arena blanca. Me pregunto, si cuidar de Jane podría llenar los vacíos que dejarían en mi pecho la ausencia de mis padres, de mi abuela y de las chicas. Pero sé que no. Sería incapaz de estar lejos de ellos. Porque somos nuestras acciones, nuestros pensamientos, pero también las personas de las que nos rodeamos, esas a las que queremos.

—¿Crees que habrá un término para expresar lo que siento en este momento? Para describir algo que puede hacerme muy feliz, pero a la vez muy triste.

—¿Qué quieres decir?

Me rodea con los brazos, intentando comprender.

—Supongo que Jane y yo hemos forjado un vínculo especial. Es raro, pero emocionante. Bonito y doloroso a la vez. ¿Qué pensará de mí cuando me vaya? ¿Cuando mañana no venga con sacos de maíz? ¿Qué pasará cuando esté a más de diez mil kilómetros de distancia?

—Te echará de menos tanto como tú a ella, pero ambas sabéis que su sitio está aquí. Y el tuyo en Madrid.

—¿Volveremos alguna vez?

—Claro que sí. Y cogeremos toneladas de alimentos para ellos.

—Promételo.

—Julia, te lo prometo.

Dedicamos las dos horas siguientes a descargar los sacos de comida, a preparar el alimento mezclando todo entre sí. Envolvemos en finos alambres los árboles centenarios que encontramos, para protegerlos de los colmillos de los elefantes. Y hacemos bolas del tamaño de nuestros puños a base de plátano, arroz, cáscaras de árbol y hervida, en las que camuflamos las medicinas que algunos de ellos necesitan. Como Khalan, que nació débil y toma un suplemento para complementar su alimentación. O Lawan, una grandullona de cinco mil kilos a la que hay que administrar calmante por vía oral, para poder desinfectar las heridas que tiene por el maltrato sufrido antes de su rescate. O Preecha, que llegó al santuario hace dos semanas con insuficiencia de vitamina E.

Todos tienen su historia. Y lo mejor es que aquí no hay paseo impuesto, ni baño obligado. Somos nosotros quienes nos adaptamos a las apetencias de estos increíbles animales. Por eso, la gente me anima cuando Jane sale en mi búsqueda.

—Quiere que te bañes con ella.

Una de las organizadoras levanta su visera para que pueda verla.

—¿Yo?

—Sin duda, es a ti a quien reclama. ¿Quieres ir?

—No creo que sea buena idea. —Trago el nudo que tengo en la garganta—. Y tampoco me gustaría que Jane se sienta como una atracción de feria.

—Mira. —Señala hacia Aitor, que cepilla el pelo de Paithoon en la orilla—. ¿Piensas que no saben que venís a ayudar? Los voluntarios normalmente continúan con sus tareas, impasibles al baño de los elefantes. Pero si Jane quiere jugar contigo, ¿dónde está el problema? Todo lo que les haga bien está permitido en el santuario. Pero la elección es tuya.

—¿Le gustará si le cepillo?

Alcanzo un peine con la base de madera y púas densas como el que tiene Aitor.

—Estoy segura de que prefiere sentir tus manos.

Guiña un ojo antes de dejarme sola.

Jane me mira como ha hecho a nuestra llegada con Paithoon. Y no miento cuando digo que puedo ver a través de sus ojos la lealtad que emana, nuestra complicidad. Llego hasta ella con pasos trémulos. Cuando estoy apenas a un metro, se acerca a la orilla, sumerge la trompa y, al sacarla, crea una especie de cascada con la que me empapa. Aitor y Paithoon se unen a nosotras y pasamos lo que queda de tarde disfrutando de la experiencia. Me lo paso tan bien que deseo que este día no acabe nunca.

No sé cuánto tiempo transcurre desde que entro al agua con Jane hasta que la organizadora nos avisa de que el minibús nos recoge en quince minutos, pero lloro. Lloro muchísimo. Tanto que hasta Jane permanece unos segundos afligida. Por su áspera piel, ruedan brillantes lágrimas que brotan de las cuencas de sus ojos. Porque los animales también lloran, también sienten las ausencias y las penas.

—Gracias por esto, amiga.

Floto a su lado hasta llegar a apoyar mi cabeza en ella, aprovechando cada segundo. Luego rasco su oreja y mantengo la mirada hasta que una nueva llamada de atención nos saca de nuestra pequeña burbuja paradisíaca.

—Tenemos que irnos, Julia.

Aitor permanece en la orilla, respetando el espacio que a Jane y a mí nos pertenece. Le pido unos segundos más, en los que extiendo los brazos para abrazar los mil setecientos kilos de pureza de Jane, que me hace cosquillas cuando toca mi rostro, pelo y cuerpo con la trompa; como si quisiera de alguna forma memorizar mi silueta. Yo hago lo mismo con ella, hasta que el claxon del minibús indica el final de la jornada. Con lágrimas resbalando incesantes por mis mejillas, doy un beso a Jane y le susurro que ojalá pudiera meter todo lo que me ha hecho sentir en un recipiente y guardarlo, como quien imprime una instantánea para pegarla en un álbum de fotos de recuerdo. También le prometo que no le faltará de nada y me comprometo a venir de nuevo.

—No sé si será pronto o dentro de unos años, pero volveré. ¿De acuerdo, Jane? Vendré a verte y te traeré muchos sacos con mazorcas. Tantos que acabarás por aborrecer el maíz.

Sale conmigo a la orilla y me quito el largo collar de pequeñas piedras que Malee ha hecho para mí. Con todo mi cariño, se lo coloco en una de las patas traseras.

—Tenemos que ir ya con el grupo.

—Un momento. —Me aseguro de que le quede holgado antes de dar la mano a Aitor y echar un último vistazo—. ¡Nos vemos pronto, Jane!

Me cuesta dejar el santuario atrás. Pero si algo he comprendido tras esta experiencia es que todos, sin excepción, deberíamos ponernos como regla de vida rodearnos solo de personas curativas, humildes y que amen incondicionalmente como hacen estos animales.

Volver a Madrid me deja un gustillo agridulce. Un sabor que se hace más notorio a medida que entro en casa, a medida que el frío de diciembre me cala hasta los huesos. Ya echo de menos el clima tropical, la comida tailandesa, tener a Malee por las habitaciones, a Somchai navegando con su bote y a Jane dándome toques con la trompa.

La última noche fue sensacional. Aitor conocía mis ganas de acampar en Bamboo Island, por eso se las ingenió con Malee y Somchai para sorprenderme de nuevo. En realidad, no ha dejado de hacerlo. Somchai acordó no venir a recogernos hasta la mañana siguiente y Malee se encargó de meter, además de la merienda, la cena y el desayuno en la nevera portátil. Conseguir una tienda de campaña liviana y esterillas fue lo que más costó, pero mereció la pena. Desde la blanca arena de la isla, pudimos ver una enorme luna llena que se cernía sobre la oscuridad de la noche. Destellante, su reflejo bailaba en las calmadas aguas turquesas.

Alrededor de la tienda, encendimos unas velas de cera antes de dormir y hablamos durante tantas horas mirando el cielo que casi mezclamos el sueño con el amanecer. Uno de los temas protagonistas de la noche iba sobre todas aquellas cosas que nos gustaría hacer. Las apuntamos en un papel rugoso que más tarde guardé en uno de los compartimentos de mi cartera, poniendo entre paréntesis el nombre de quién quería hacer qué. Lo primero que hice fue pensar en Jane. En ese transcurso de tiempo fuimos tan sinceros con nosotros mismos que añadimos cosas aun sabiendo que el deseo del otro no era mutuo; como aprender kizomba cuando a él no le gusta bailar o hacer tangible su deseo de ser padre, a pesar de conocer mi ausente vena maternal. Y no pasó nada. Tan solo fuimos nosotros.

Cosas por hacer juntos:

Volver al santuario (Julia). Recorrer en moto la ruta 66 (Aitor). Clases de kizomba (Julia). Desconectar del mundo apagando la televisión, el teléfono y el ordenador (Aitor). Pasear por los cerezos en flor (Julia). Un pícnic (Aitor). Observar las estrellas desde un telescopio (Julia). Ser papá (Aitor). Voluntariado en África (Julia). Leer un libro (Aitor). Casarme (Julia). Donar sangre (Aitor). Ver una película clásica (Julia). Bañarme en una cascada (Aitor). Mirar un eclipse lunar (Julia). Volar en avioneta (Aitor). Plantar algo, lo que sea (Julia). Encontrar un trébol de cuatro hojas (Aitor). Caminar descalza por el desierto (Julia). Viajar en tren (Aitor). Enterrar una cápsula del tiempo (Julia). Hacer lo que realmente quiero (Aitor). Un día entero en pijama (Julia).

La decoración navideña invade cada rincón. Siempre he querido hacerlo; comprar cantidades ingentes de adornos para esta época y que las brillantes cintas de colores, las figuras colgantes, las bolas y el árbol, representen mi inagotable espíritu navideño. Al principio nos pareció buena idea hacer la cena aquí, pero dado el estado de Clemen, lo más sensato es que todos nos reunamos en casa de mis padres.

Estoy tan absorta envolviendo los regalos que ni siquiera me percato de que Aitor lleva varios minutos observando lo que hago, desde la puerta del despacho. Hoy se encuentra de buen humor, lo sé porque se le ve relajado, por su expresión corporal y porque el destello que tiene en la mirada indica precisamente eso. No como anoche, cuando un artículo falso sobre la relación que tuvo con Savannah consiguió que el color de sus ojos se tornase más oscuro. Como si el impacto de la noticia se hubiese asentado con firmeza detrás de la retina.

—Es el último. ¿Ha llegado el taxi?

Observo ilusionada las cajas envueltas.

—Está fuera. Le he prometido una propina por la espera.

—¿Sabes dónde he dejado la cinta roja?

—A tu izquierda.

Sentada en el suelo, me giro para coger la brillante tira que forma, sin orden alguno, infinidad de espirales. La estiro con cuidado evitando que se enrede y realizo sobre la parte superior un lazo rojo, rizando los extremos sobrantes con el filo de las tijeras. El regalo de Aitor lo oculto en mi bolso para que no lo vea.

Las bajas temperaturas invaden la ciudad cosmopolita al tiempo que cargamos los regalos hasta el maletero. A pesar de haberme puesto encima de la ropa un abrigo largo hasta las rodillas con forma de globo, una bufanda, los guantes y el gorro, el frío me parece desmesurado. Tengo la sensación de que ha pasado una eternidad desde que hemos venido y echo de menos el clima tropical.

El conductor se pone en marcha cuando le indicamos la dirección. Se sorprende al reconocer a Aitor, pero lejos de decir algo inapropiado, le agasaja por su trabajo. Nos cuenta que su mujer es una fanática de la serie «El sobre de Patrick» desde que se emitió la primera temporada. Cuando llegamos a nuestro destino, muestra en la pantalla del móvil una foto de su pareja con una camiseta en la que aparece una imagen de los protagonistas, que se incluyó como regalo antes de la emisión del capítulo final en una de esas revistas de salsa rosa.

—¿Le importaría poner algo en esta tarjeta? Es para ella.

Coge el boli que le ofrece y escribe con trazos fluidos un mensaje sencillo: «Feliz Navidad. Con todo mi cariño, Aitor Montiel».

—Creo que no me acostumbraré nunca a esto.

Murmura sonrojado, cerrando la puerta del maletero cuando el taxista se marcha.

—Es bonito que te aprecien.

—Sí. Como una inyección de adrenalina.

Cargamos por las estrechas escaleras del portal las bolsas repletas de cajas.

Al entrar, mamá nos recibe con el delantal de estampado floral. No cabe de asombro al ver la cantidad de regalos que traemos con nosotros. La abuela se mece en la hamaca sin soltar la muñeca de trapo mientras que, al otro lado, Maruja espera su turno de caricias. En su mano libre, Clemen sostiene la instantánea del abuelo y papá me estrecha en sus brazos sin soltar, como de costumbre, el mando de la tele. Tiene puesto el especial de Navidad en TVE. Los padres de Aitor aparecen poco después de nuestra entrada. No es la primera vez que nos reunimos con ellos, aunque por la situación actual no lo hacemos tanto como nos gustaría. Son buena gente; personas respetuosas y humildes que no se meten con nadie, que no miran por encima del hombro.

Se me hace la boca agua cuando dejan, sobre el mantel que cubre la mesa del comedor, el ovalado asador de barro en el que han traído el lechazo. Con el estómago rugiendo, ayudo a mi madre a traer lo demás: bacalao con patatas, gambas al ajillo y el surtido de embutidos que Aitor encargó ayer en la carnicería del barrio. ¿Somos conscientes de lo afortunados que somos? Con frecuencia me pregunto si no deberíamos pensar más en la suerte que tenemos. Porque no pasar penurias y que nuestros seres queridos sigan con nosotros, es lo mejor que la vida puede ofrecernos.

—¿Un poco?

Aitor acerca la botella de vino a mi copa.

—Sí. Gracias. Podríamos darles ya los regalos.

Bebo un trago. Él se ríe, acostumbrado ya a mi impaciencia.

—¿Qué tal si lo dejamos para antes del postre?

—En realidad, antes del postre puede ser ahora.

Una sonora carcajada sale de su boca. Mirándonos con complicidad, tengo la sensación de que jamás podría encajar con otra persona de esta forma. Es difícil de explicar con palabras, pero si tuviera que hacerlo, diría que él sabe que yo sería capaz de hacer cualquier cosa por él, y que yo sé que él haría cualquier cosa por mí. Y esa confianza, esa paz, no se consigue con cualquiera. Es como tumbarse en la cama tras un día largo de trabajo. Como un masaje de pies tras muchas horas andando. Como enrollarse en una cálida manta para paliar el frío del invierno. Es como si Aitor hubiese traspasado cada capa de mi cuerpo hasta llegar a mi corazón. Como si yo hubiese conseguido derretir una a una sus corazas hasta devolverle la ilusión.

Nuestras familias comen ajenas a la conexión que se cierne entre nosotros. Clemen peina a la muñeca mientras papá echa en su plato unas gambas al ajillo. Mi madre y la de Aitor intercambian recetas de cocina. El señor Montiel se ríe de un vídeo gracioso que sale en el especial de Navidad. Y Aitor y yo cenamos muy juntos, sin perdernos ni un detalle. De hecho, percibo el olor de su piel desde el asiento, hasta que su móvil vibra cuando Espe empieza a contar una anécdota.

—Por favor, mamá...

Interpreta la escena gesticulando, moviendo las manos en continuos aspavientos.

—Le dejó todos los dientes clavados en el carrillo. —Señala su mejilla incapaz de contener la risa—. Y todo porque el niño le dio un beso en el moflete sin permiso. Siempre ha sido bastante buena, pero vaya genio se gastaba en ocasiones. ¿Recuerdas cuando hiciste una brecha a tu abuela por jugar con una piedra?

Me tapo la cara, pensando en el bochorno anecdótico que me espera durante la velada.

—¿Es necesario que lo cuentes ahora?

—Por supuesto, ¿qué sería de nosotros sin recuerdos?

El silencio invade por un segundo la sala de estar. Nadie dice nada, pero todos sabemos la respuesta a su pregunta: nada. Sin recuerdos no seríamos nada, y mi abuela es la viva imagen de ello.

Después de una pausa tensa, mi madre retoma el hilo de la conversación. Lo hace sonriendo, con una gracia que nace de todo aquello que los recuerdos consiguen remover por dentro. Igual que si echáramos en una cantimplora transparente agua, purpurina y agitásemos con energía mezclando todo, creando destellos. Pero el teléfono de Aitor vuelve a vibrar y, confuso, observa cada uno de los nueve dígitos.

—Ahora vengo.

Sale del salón disculpándose por tener que ausentarse. Yo lo persigo sin mucho éxito, y tengo que gritar desde la parte superior de las escaleras para que me escuche. Cuando se gira, veo inquietud.

—¿Todo bien?

Me inclino por encima de la barandilla.

—Sí. Vuelve adentro, será un momento.

Hago lo que me dice y antes de tomar asiento de nuevo en la mesa, me acerco hasta mi abuela.

—¿Te gusta la cena?

Acaricio su cabello.

—Me ha salido mejor otras veces. —Papá y yo nos miramos con pena—. Tengo que apagar el horno.

—No te levantes, Clemen —interviene la madre de Aitor intentando ayudar—. Julia ya lo ha hecho. ¿A que sí?

—Claro, abuela. Ya lo he apagado.

Miro la pequeña muñeca de trapo, meciéndose en una realidad paralela formada por los brazos de mi abuela. Con todo el amor que una nieta puede profesar, beso su mejilla antes de volver a mi sitio. Su deterioro es lento, pero no por eso pasa desapercibido para ninguno de nosotros.

Al rato, escucho voces procedentes del portal. Cada vez son más intensas e intento distraerme descorchando otra botella de vino. Aitor no coge el teléfono y ya han pasado varios minutos. Cuando mi madre pone una bandeja de plata con dulces sobre la mesa, estoy demasiado nerviosa como para comer siquiera uno. Y las voces, ahora, se escuchan más cerca.

Voy a salir del salón cuando Aitor entra por la puerta de la sala de estar.

—¿Dónde estabas?

Cruzo los brazos.

—Ya sabes lo que dicen; en estas fechas ocurren milagros.

—¿Ah, sí?

Frunzo el ceño, molesta porque no me da un motivo lógico con el que justificar su ausencia. Porque uno no se va en medio de la cena de Navidad si un número desconocido llama por teléfono. Y porque estaba preocupada.

—Sí. —Se acerca hasta donde estoy y me besa con delicadeza, sin importarle que nuestra familia nos vea—. No guardé el número para evitar que me descubrieras. Feliz Navidad, Julia.

Como si esas tres palabras fueran un código, una contraseña o una clave creada a modo de señal, el pequeño Nico entra al salón al lado de Olga, Harry y Marga. La ilusión me abruma, causando un llanto descontrolado que nace de la felicidad. Porque los amigos van y vienen, pero ellas se han convertido en mucho más, al igual que Nico y Harry. Porque son familia, calor, casa, cariño, hogar. Son las risas en un bar, las anécdotas que por el camino van marcando, son las horas de confesiones, los bálsamos, mi refugio. Son un lugar cómodo, cálido y acolchado. Y las ganas de enfrentarse a un día más.

—¿Creías que íbamos a dejar que te vayas a Latinoamérica sin despedirte?

Olga me envuelve en un reconfortante abrazo al que se une Marga. Harry me saluda con dos besos y al pequeño Nico le revuelvo el cabello con cariño.

—Tu mamá me ha contado que estás muy contento en Barcelona.

Me sonríe pícaro, antes de sentarse al lado del conejo de mi abuela. Es gracioso ver cómo Maruja se rasca una de las orejas moviendo con rapidez la pata trasera.

—Lo está. La especialista se involucra mucho.

Harry retira una de las sillas para que Olga tome asiento.

—¡Oh, vino! —exclama Marga, cogiendo una copa de cristal.

—Yo que vosotros escondería el resto de las botellas.

Bromea Aitor, que ya conoce a mis amigas.

Disfruto cada minuto como esa niña que corría hace años por los columpios, los ríos y las montañas, sin preocupaciones. El momento más especial de la noche es cuando repartimos los regalos. La sonrisa de mi abuela cuando desenvuelve un arrullo con el que arropar a la muñeca, es enternecedora. Mamá no deja de mirar la colección de libros, edición especial limitada, que han salido hace poco de una de sus autoras favoritas. Papá explora su tele nueva; después de instalar internet y configurar la *Smart* TV, le hemos regalado una suscripción de dos años a una plataforma de *streaming*. Los padres de Aitor también disfrutan abriendo sus regalos.

—Esto es para...

Para ti. Iba a decir «para ti» cuando estallamos en carcajadas, porque los dos hemos sacado un sobre blanco con puntitos dorados a la vez, e intuyo que hemos ido al mismo sitio a por nuestros regalos.

—Espero que te guste —dice, cuando tira de la solapa del sobre.

Leo lo que pone en los dos billetes de avión y le miro ensimismada.

—No te creo. ¿Namibia?

Detrás hay una postal en la que aparece una imagen de las dunas. Antes de poder decir nada con lo que exteriorizar más si cabe mi asombro, lee en alto lo que pone en su tarjeta:

—«Escocia en tren. Incluye parada con vuelo en avioneta». —Sorprendido, me guiña un ojo—. ¿Escocia en tren y avioneta? Ya podemos tachar tres cosas de nuestra lista.

—Oh, no —interrumpe Marga, sin soltar la copa de vino—. Decidme que no os habéis convertido en esas parejas burbuja que hacen listas de cosas que quieren hacer juntos. —Nos reímos cuando pone los ojos en blanco—. Adorables. ¿Alguien juega al parchís?

—Me pido el rojo. —Olga, con Nico en brazos, se coloca más cerca del tablero de juegos que ha sacado mi padre.

—Yo el amarillo.

Mamá se hace con uno de los cubos.

Echamos una partida tras otra, disfrutando de una Navidad hogareña y sencilla. Porque la felicidad está donde uno sabe que es real, donde no nos escondemos, donde nos aceptan. Somos felices cuando nos rodeamos de personas buenas que nos quieren. De personas a las que nosotros también amamos, respetamos y queremos. Porque el amor empieza dentro.

Capítulo 25, Aitor

Ha sido tiempo de mucho estrés para dos personas que solo queríamos tranquilidad. Han sido semanas de aceptar que la prensa ahora forma parte de nuestros días. De encontrar paciencia donde creíamos que no había sitio ni para un hilo. Porque el éxito mediático tiene dos caras: la buena y la mala. Así que el viaje por Escocia nos hacía tanta falta como respirar, por eso fue a mediados de enero cuando subimos al tren en la pintoresca ciudad de Pitlochry, tras un vuelo de Madrid con trasbordo de Viena hasta Edimburgo. Si Julia tuviese que destacar algo de Pitlochry, estoy seguro de que serían los coloridos carteles que marcan las caminatas y lugares de interés turístico.

No estaba dentro del itinerario hacer una excursión combinada de tres horas y media en autobús y barco por el Lago Ness, pero coincidimos con la salida del *tour* en la estación de autobuses de Inverness. El guía era español y, cuando me reconoció como el actor de Patrick, nos dejó apuntarnos al grupo sin disimular su entusiasmo. El famoso lago es el segundo más grande de Escocia y sus aguas turbias fueron originalmente utilizadas para suministrar energía a un molino cercano. Resulta curioso, porque ahora se genera y suministra a la red nacional.

El último día fue libre y lo pasamos en Oban, donde la agencia había organizado el vuelo en avioneta. A Julia le dio tanto vértigo que me cuesta imaginarla subida en otra.

En Madrid apenas estuvimos una semana antes de irnos a Namibia. Julia desconocía que la agencia había organizado solo tres días para visitar el cañón natural de Sesriem y el Parque Nacional de Namib-Naukluft, donde están las dunas más altas y viejas del planeta, en las que ríos secos esconden un flujo de agua subterráneo que forman el corazón del desierto. En uno de esos días, caminó descalza. Apenas fueron unos pasos. La idea de llevarse de recuerdo el ser aguijoneada por un escorpión resultaba de todo menos atractiva.

Las siguientes dos semanas estuvimos en Ghana, de voluntarios. Jugábamos todos los días con los niños, muchos de ellos eran huérfanos y, a los más mayores, les ayudamos en las tareas escolares. El mantenimiento del centro ha sido un trabajo constante en el que cocinamos, limpiamos e intentamos hacer de aquello un lugar más acogedor. Uno de los voluntarios era profesor de kizomba, por lo que pudimos tachar otra cosa de la lista.

Aunque la organización es la encargada de proporcionarles una atención y educación integral, los recursos son limitados y hay tal cantidad de trabajo que intentar mejorar la calidad de vida de los niños fue, durante cada uno de los catorce días, un continuo reto. Aun así, resultaba tan gratificante que regresamos sin las palabras adecuadas para poder agradecer a los niños las lecciones de vida y el amor que nos dieron. Esos pequeños sin capa podrían dirigir el planeta si el destino no hubiese sido tan duro con ellos, o si el resto del mundo nos concienciáramos de lo injusto que resulta que los privilegios o desgracias de uno vengan, en cierto modo, estipuladas por el sitio de nacimiento.

—Ha llegado mi padre.

Se sobresalta al escucharme. Alza los brazos alargando la curva de su espalda. Las vértebras suenan con facilidad y el chasquido, que precede el estiramiento del cuello, es un claro reflejo del exceso de horas que ha trabajado frente al ordenador.

—Me has asustado.

Apenas se gira hacia mí cuando suena su móvil. Con el pelo cobrizo meciéndose por la cintura, coge el teléfono. Los dedos índice y pulgar presionan un ceño tirante debido al cansancio.

—Deberíamos salir ya si no queremos perder el avión.

Mantiene una expresión neutra al descolgar. Debe atender la llamada, pero el tiempo que nos queda es escaso. A pesar de mi impaciencia antes de cerrar la puerta del despacho, me acerco hasta ella y beso sus labios. Al irme, su sonrisa es más amplia que hace un instante.

Las maletas caben justas en el coche de mi padre, que espera en el interior con el motor arrancado. Los siguientes cinco minutos pasan tan despacio que estoy a punto de ir a buscarla. Voy a hacerlo cuando la veo aparecer por la puerta de la cochera. Lleva el portátil en el maletín con asas llenas de flores a ganchillo que compró en una tienda de productos hechos a mano. El ordenador es su herramienta principal de trabajo, por eso nunca lo deja con el resto del equipaje.

Jadea al sentarse en el asiento por las prisas después de saludar con un abrazo a mi padre y disculparse por habernos hecho esperar. Y yo no disimulo cuando echo un rápido vistazo a su ropa, que refleja con detalle la silueta de sus piernas, la curva de sus caderas, los hombros erguidos, la espalda recta. Me gusta la imagen que proyectan las prendas: la de una persona sencilla.

Nos ponemos en marcha en el momento que cojo su mano, entrelazando mis dedos en los suyos. ¿Es entusiasmo lo que siento o nervios al cambio? No lo sé. Solo hay una sensación dentro de mí ahora, que se parece a tener una centrifugadora en el estómago. Vueltas, vueltas y más vueltas.

—Estoy nervioso.

—Es normal. Vamos a vivir los próximos meses en Latinoamérica.

El entusiasmo encabeza cada una de sus palabras, como si el viaje que vamos a emprender fuese uno de sus sueños, en vez de mío. Eso hace que me sienta confuso. ¿Por qué yo no logro ese furor ante la idea de cambiar de aires? ¿Por qué tengo la necesidad de aferrarme a lo conocido como un náufrago a una tabla a la deriva?

—¿Has pensado que a lo mejor esto no es una buena idea?

La pregunta sale de mis labios antes de que pueda detenerla.

—No veo por qué.

—Estaremos lejos de todo lo que nos hace ser quienes somos.

—De forma temporal.

Tomé una decisión convencido de que hacía lo correcto, pero lo que es bueno para mí, quizá no lo sea para ella. De hecho, quizá haya sido demasiado egocéntrico y egoísta sin darme cuenta.

—¿En qué piensas?

La miro, sin saber qué contestar. Ella me da tiempo, pero la respuesta se resiste a dar la cara, escondiéndose como si no quisiera que la encontrara. Cojo aire antes de hablar.

—Me preocupa nuestro futuro. Vivir fuera de aquí, en un sitio que no es nuestra casa, dejarte sola demasiado tiempo o que te sientas fuera de lugar. Que pueda pasarte por la mente que esto no es una decisión acertada. O peor, demasiado sacrificada.

El coche se detiene en la puerta del aeropuerto. Antes de bajar, Julia me observa comprensiva.

—Latinoamérica forma parte de nuestro futuro.

Me doy cuenta de que ni siquiera estoy respirando cuando hunde sus labios en los míos, jugando con la lengua hasta que el sonido del maletero al cerrarse nos indica que mi padre ya ha bajado el equipaje.

—Esto es todo.

—Gracias. Dile a mamá que se anime y pasáis unas semanas allí. La casa que hemos alquilado durante el tiempo que dure nuestra estancia es amplia. Hay varias habitaciones de invitados, cada una con baño propio.

Insisto a pesar de saber que no vendrán. Para ellos, su casa es el templo. Y la familia de Julia tampoco lo hará, debido al condicionante estado de su abuela Clemen.

—Escríbeme al llegar, hijo.

Cuando se marcha, entramos al aeropuerto. Me he puesto la gorra para evitar que la prensa me reconozca mientras buscamos nuestro mostrador, en el que enseñamos el billete, DNI y pasaporte. Luego pasamos el control de seguridad y buscamos nuestra puerta de embarque. Antes de subir al avión, el teléfono de Julia suena. Es una llamada de Klaus. Descuelga extrañada, con un ligero temblor en los dedos y escucha con atención lo que el enfermero cuenta a través de la línea.

Julia no suele dejarse llevar por impulsos. Por eso, cuando dice que se va, me quedo de pie frente a la cola de gente que espera impaciente a que subamos al avión o a que nos quitemos del medio. Es evidente que Klaus le ha dado una mala noticia.

Salgo de la fila tras ella, parándome en seco cuando veo que de sus ojos brotan lágrimas cristalinas.

—Espera. Dime qué ocurre.

Nervioso, tiro de ella con más brusquedad de la que pretendía.

—Mi abuela está en el hospital. Parece que al intentar levantarse de la hamaca, se cayó, y se ha fracturado la cabeza del fémur. Está ingresada.

Me acerco a ella. Paso un brazo por su espalda, haciendo que se apoye en mi pecho mientras digo en su oído palabras tranquilizadoras.

—Tengo que ir al hospital.

Sorbe por la nariz.

—Está bien, cogeremos un taxi. ¿En cuál está?

Solloza más fuerte, a pesar del esfuerzo que realiza para contenerse. Ni siquiera me percato de que varias cámaras nos rodean hasta que una de ellas se acerca tanto, que queda a escasos centímetros de rozarnos. Maldita sea.

—Tú no —dice sin soltarme, escondiendo el rostro en mi pecho—. Tienes que subir a ese avión, ir a Latinoamérica y brillar todavía más de lo que ya lo haces.

—No me pidas que vaya si tú tienes que quedarte aquí.

—Sí, Aitor. Te lo pido porque mereces todo lo que la vida te ofrece. Recuerda lo que hemos hablado más veces: no puedes parar tu mundo por mí. De hecho, no deberías hacerlo por nadie.

Hacen más fotos sin importarles que nuestros corazones se estén rompiendo. Porque aunque me diga lo que quiero escuchar, ambos sabemos que la salud de Clemen se va a quebrar de forma irreparable más pronto que tarde. Quizá, por eso me limito a decir las palabras exactas que necesita escuchar.

—De acuerdo, pero ven conmigo cuando se haya recuperado.

El nudo ácido que aparece en mi garganta amenaza con asfixiarme al pronunciar las últimas palabras, consciente de que Clemen seguramente no mejore, sino todo lo contrario. Consciente, también, de que la brecha por el tiempo que pasemos separados se irá ensanchando. A pesar de los acontecimientos y en contra de lo que me gustaría hacer, decido guardar silencio.

—Claro que sí, iré cuando mejore.

Me quedo callado pensando en qué hacer, batiéndome en un intenso duelo con la racionalidad y los deseos internos. Julia es de reflexionar antes de actuar, no como yo, que me dejo llevar por lo que me apetece en cada momento.

Como si pudiera leer mis pensamientos, coge mi mano.

—Escucha con atención, porque no tenemos más tiempo. Puedes con esto.

—Puedo —repito autómata.

—Puedes.

Insiste con tanta vehemencia que por un momento me lo creo. Un momento clave que consigue hacerme mover los pies de camino a la puerta de embarque. Julia también retoma el paso, se dirige a la salida del aeropuerto esquivando con gracilidad a los periodistas. Se gira antes de salir de mi campo de visión. Nuestras miradas se cruzan, apenas dura unos segundos, pero la sensación que me sacude por dentro es brutal. Como un vacío apostado en lo más dentro de mi ser que me oprime el abdomen, el corazón y los pulmones. Mueve los labios despacio, dibujando con ellos un claro «Te quiero».

Julia y Aitor

Latinoamérica – Madrid

Capítulo 26, Julia

Primero fue la fractura de la cabeza del fémur. Apenas unas semanas más tarde, resbaló al bajar las escaleras del portal. Para nuestro asombro, a Clemen solo le salieron unos cuantos hematomas, pero dos meses después del último percance, no corrió la misma suerte. Su cadera se quebró igual que lo habría hecho una fina copa de cristal al caer al suelo. Irreparable.

Klaus se acerca antes de que pueda entrar en la habitación del hospital en la que mi abuela permanece ingresada desde hace semanas. La expresión de su rostro no augura nada bueno. Va vestido con un pantalón oscuro, a lo mejor demasiado tupido para el calor que hace en Madrid durante el mes de junio, y una camisa marrón con finas rayas blancas.

—Esta vez es serio.

—¿Cómo está?

Mira el suelo unos segundos, esforzándose por encontrar la manera adecuada de decirme lo que, por desgracia, es evidente para cualquier persona interesada en ver la realidad. Las vendas en los ojos son una peculiar forma de evadir el dolor cuando este se torna desgarrador, pero solo son eso: un alivio temporal.

—Hace días que tiene dificultades para comer, le han colocado una sonda nasogástrica a través de la nariz y garganta, hasta el estómago.

—Entonces, ¿cuándo le darán el alta? Debería contratar a una persona que cubra sus necesidades en casa. He tenido mucho trabajo desde primavera, puedo pagarlo.

—Julia, no creo que sea buena idea.

Apoyándose en la pared del pasillo, coloca una pierna por delante de la otra. Luego saca las manos de los bolsillos, sujetando compasivo las mías. Parte de la pena que esconden sus ojos se refleja en mi retina.

—¿Por qué?

Formulo la pregunta con un hilo de voz apenas audible que más bien podría ser un susurro.

—Tu abuela se encuentra en la etapa final de la enfermedad. En su estado… Es cuestión de días, puede que semanas. Sería un milagro si pasara de este mes.

—Y yo no puedo hacer nada —murmuro, intentando comprender lo que dice como haría una persona racional—. Klaus, ¿lo saben mis padres?

El movimiento que realiza para asentir es leve, a diferencia de la enorme punzada interna que me atraviesa al comprobar que soy la última en enterarme.

—No encontraban la forma de decírtelo.

—Entiendo.

—Lo mejor es que esté aquí. Necesita asistencia constante y es más seguro a la hora de prevenir infecciones.

—De acuerdo.

Empujo la puerta despacio, para no hacer ruido en caso de que esté durmiendo.

—¿Quieres que entre contigo?

—No hace falta. Ve a descansar, esta noche prefiero quedarme yo.

—Llámame si necesitas algo.

Desaparezco tras la puerta, aunque antes observo cómo se aleja arrastrando los pies con pesadumbre.

Los hospitales siempre me han resultado demasiado fríos, impersonales. El olor a producto de limpieza impregna las fosas nasales de cualquiera que entra, como si más que limpiar y desinfectar, su cometido fuese camuflar el olor de los virus que acaban suspendidos en el aire, el de las heridas abiertas, el de las gasas usadas o apósitos, el de la sangre. Los pasillos huelen a cuerpos inmóviles que presiden las infinitas camillas que ocupan las habitaciones, envueltas en sábanas blancas. Por eso no me gusta venir, porque noto el rastro que la muerte deja como residente en cada partícula presente en el ambiente.

Con precaución para no despertarla, tomo asiento en la silla de metal que hay al lado de la cama. La zona de soporte tiene una fina almohadilla de color, pero sigue siendo demasiado dura como para resultar favorable. Apenas veinte minutos después, mis glúteos se han entumecido. Camino por el reducido espacio de la habitación con la intención de acabar con este leve cosquilleo, que provoca picazón desde mis dedos de los pies hasta las rodillas, y aprovecho que mi abuela continúa dormida para salir al pasillo con la esperanza de hablar con Aitor. Al menos, esta vez la llamada sí da tono. La distancia no está resultando fácil para ninguno, es difícil de gestionar. Y el rodaje de Latinoamérica se complicó el mes pasado por la inesperada baja de una de las actrices. La directora se vio tan desbordada que paró la grabación hasta dar con una suplente que consideró apta para el papel: Savannah Sáez. No nos quedó más remedio que aceptarlo, ya que regresar a España no era una opción para él, habiendo firmado con anterioridad un contrato plagado de cláusulas.

Lo que me preocupa es su estado de ánimo, que ha caído estas últimas semanas en picado. La relación con ella no se ha ido afianzando, como si el pasado que compartieron fuese un quiste perpetuo que le provoca un permanente dolor sordo e intenso.

—Julia. —Su voz suena lejana, ausente—. He tenido rodaje hasta ahora, ¿ocurre algo?

Sentada en una de las sillas de plástico que hay a lo largo del pasillo, hundo la cabeza entre las manos pegándome más el teléfono a la oreja.

—Le han puesto una sonda. Klaus dice que en su estado es cuestión de días, a lo mejor semanas.

Por un momento, permanecemos en silencio.

—Debería estar en Madrid contigo, no aquí. Te echo de menos.

Me abruma la idea de que en estos momentos pudiera estar a mi lado, pero los dos sabemos que eso no cambiaría nada. Al menos, no en lo que concierne al inminente final de Clemen.

—Yo también.

—¿Has ido a verla?

—Estoy en el hospital. Todavía duerme. —Con paso sigiloso, entreabro la puerta para comprobar que sigue en ese estado de sosiego—. Apenas queda nada de ella, como si fuese un cuerpo que late sin alma, vacío.

—Lo siento mucho.

—¿Sabes una cosa? A veces tengo la sensación de que las personas somos como los cometas.

—Puede que algún día lo seamos.

—Puede —repito—. Me gusta creer que, aunque acabemos siendo polvo, nuestra energía no se pierde. Se transforma. Que dejamos el cuerpo que habitamos para brillar tanto como los astros.

—¿Y si realmente nunca morimos?

La pregunta de Aitor me resulta de lo más interesante. Esperanzadora.

—En ese caso, la muerte solo sería un proceso que separa la mente y el cuerpo.

Una tos ronca que procede del dormitorio hace que me sobresalte. Vuelvo a entreabrir la puerta.

—Tengo que colgar, se ha despertado.

—¿Hablamos mañana?

—Sí, por favor. Oír tu voz me reconforta.

—Intentaré no olvidar la diferencia horaria otra vez.

Dice lo mucho que me quiere antes de colgar. No recuerdo si yo se lo digo a él, porque lo único en lo que puedo pensar ahora es en volver con mi abuela, que permanece en la cama sin moverse, sujetando con dedos trémulos el desgastado retrato de Emilio causado por el roce que ha recibido el papel fotográfico de los dedos.

Sus ojos resplandecen lúcidos. Cuando me ve, deja con sumo cuidado la instantánea apoyada en la superficie lisa de la mesilla. Está cansada, algo patente debido a las arrugas de su rostro, a la oscura sombra que sobresale macilenta por las cuencas de los ojos y las bolsas de las ojeras, en contraste con el cabello canoso.

—Jul, ven aquí. Mi pequeña.

Lo dice con una pronunciación distorsionada. Pero no es a la muñeca de trapo a quién reclama, sino a mí. Por lo que a pesar de la sorpresa, tomo asiento a su lado. Con el mando de la cama, incorporo unos centímetros el respaldo.

—¿Sabes quién soy?

La auxiliar de enfermería entra en ese momento para hacer el cambio de la cuña. Al no poder contener la emoción, le cuento que mi abuela ahora me recuerda. Y cojo el teléfono para llamar a mis padres, a Aitor y a Klaus, pero la joven me lo quita.

—No lo hagas.

Confusa, extiendo la mano para que me lo devuelva.

—¿Por qué?

Mira hacia arriba, valorando si es buena idea o no. Terminamos acercándonos a la puerta para que no nos escuche Clemen. Ella, aprovecha para sacar del baño la bolsa de basura pequeña con residuos cortantes y punzantes que intuyo, al ver que lo retira, no deberían estar ahí.

—Hay algunos enfermos graves que mejoran antes de morir —comenta con tacto—. No soy médico ni enfermera, pero llevo tres años en este hospital. Te sorprenderían los pacientes que he visto así, con lucidez terminal. Los familiares esperanzados y luego… Vacío. Ansiedad. El duelo tras la pérdida.

—Dices que mejoran antes de morir.

No titubea cuando responde.

—Sí. Hace poco, en planta había un hombre que no podía comer, bañarse ni vestirse solo. Enfermo de alzhéimer también. Dejaba que los días pasaran sin interés, impávido, sin moverse. Y de la noche a la mañana comenzó a mostrar una paradójica lucidez. Imaginarás la cara de su mujer y la de su hija cuando recibieron la noticia del fallecimiento.

—¿Cómo murió?

—Tan solo dejó de respirar.

Sale del dormitorio sin levantar la vista del suelo, como si le preocupara que yo pudiera tener una reacción desmesurada. Y no me extraña. Sé por Klaus que los familiares de los pacientes en ocasiones pierden los nervios. Pero yo no. Yo tengo claro lo que quiero hacer. Por eso, antes de volver al lado de mi abuela y hundir la cabeza en su regazo, como hacía de pequeña, llamo a mis padres y a Klaus. Si Clemen tiene un momento de lucidez quiero que sepa lo mucho que la queremos, lo importante que es para nosotros. Quiero que sienta el calor de la familia, el apoyo incondicional. Que tenga una muerte digna. Y que no sienta un solo segundo de soledad.

—Estás enorme, Jul. Qué largo tienes el pelo.

Apenas se la entiende cuando habla. Su pronunciación va en decadencia, así como sus movimientos, sus habilidades, sus gestos. Su débil corazón palpita sin un ritmo fijo: unas veces a la carrera, otras sosegado.

—Tú estás preciosa, abuela. —Las lágrimas amenazan con brotar, pero no las dejo. No. Porque tengo toda la vida para hacerlo, «toda» menos en este momento—. Van a venir a verte papá y mamá. El médico también, ¿vale?

Nerviosa, tira de la sonda. Con cuidado, sujeto sus manos.

—¿Por qué me ponen esto? —pregunta con miedo. Su cabeza se encuentra en un vaivén—. Me vais a encerrar en una residencia.

—No, abuela. Esto es para que tu cuerpo reciba alimento.

Lo siguiente que dice no lo entiendo. Sus palabras se han convertido en balbuceos y alterna momentos de claridad con la confusión que precede a la enfermedad. Y así durante las siguientes horas. Klaus es el primero en llegar, después mis padres. Aprovechamos cada momento que tiene de conciencia para darle el calor de la familia. Para poner su canción favorita, una de Concha Piquer. Y mamá coloca encima de la cama una manta amarilla, el color preferido de Clemen.

La música, la alegría que el color aporta a la estancia y estar rodeada de su familia es lo que hace que mi abuela duerma esa noche, después de recibir el calmante para los dolores por la rotura de la cadera, con una sonrisa. A la mañana siguiente es mi padre quien hace el relevo. Le prometo que voy a comer algo antes de ponerme a trabajar y me acerco a ella, que duerme plácidamente gracias al analgésico.

—Te quiero mucho, abuela. —Beso su mejilla y camino hacia la salida—. Ojalá fueras eterna.

Me planta cara como si la bala de la pistola que apunta a su cráneo no fuera con él.

—¿De qué familia me estás hablando? Fuiste tú el que la destruyó.

—Escúcheme bien, *huevón*… —Agarro su brazo evitando que me golpee, apuntando más fuerte la pipa sobre su sien—. Cueste lo que cueste, la voy a recuperar.

Dejo que una lágrima solitaria baje rodando hasta el hueso de mi mandíbula, con los puños apretados antes de cogerle de la pechera y arrinconarle contra la pared de cemento.

—Ella nunca le va a perdonar, ¿me *oíste*?

—Lo hará —espeto—, hoy mismo nos vamos a casar.

—No lo creo. ¿Conoce a Flor? —Su risa sardónica al ver mi desconcierto me taladra los oídos—. Eso suponía.

—Hable.

—¡Hermosa, deja que te vea este *boludo*!

La mueca de su rostro muestra superioridad.

—Isabella. —Voy hacia ella, confundido—. ¿Qué estás haciendo aquí?

Cruje la hierba con cada uno de sus pasos, hundiendo levemente los tacones en la tierra.

—Suéltalo, estúpido. ¿O no te diste cuenta de que no soy ella?

Bloqueado, aflojo los nudillos.

—Claro que lo eres. ¿Por qué lo niegas? —Tiro la pistola al suelo y la cojo por la cintura, obligándola a mirarme—. Di. ¿Por qué me haces esto? ¿Por qué sigues aquí con él?

—Ay ya, mi amor. ¿Eres idiota o todavía estás un poco aturdido? Por supuesto que no soy Isabelita.

Recorro con mis ojos los suyos, cada poro de su piel, su cabello, sus dedos finos, el color dorado de una tez tersa, delicada, la piel que tantas veces he sentido, rozado y besado. Pero esta vez hay algo diferente, quizá sea el brillo extraño de su mirada o cómo tuerce el labio en exceso. La zarandeo nervioso, esforzándome por entender lo que pasa.

—¿Qué está ocurriendo? —pregunto a punto de perder los nervios.

—Ya basta. Ella es Flor Soto, la hermana gemela de Isabella Soto.

La suelto como si quemara, justo en el momento que oigo el sonido del gatillo. La bala que iba dirigida a mi espalda impacta en el pecho de Flor, en el corazón. Santiago cae al suelo, sollozando como un niño al ver lo que ha hecho por la locura de los celos.

—Vas a decirme dónde está Isabella, y vas a hacerlo ahora, o te volaré la cabeza aquí mismo —amenazo.

En el *set* de rodaje, se escucha un claro «¡Corten!» al que le precede un aplauso generalizado que pone punto final a uno de los episodios más caprichosos de la telenovela. Savannah, que ha interpretado hasta ahora el papel de Flor Soto, se levanta del suelo, aceptando el ramo de flores que el equipo le entrega como muestra de agradecimiento.

La directora nos da la enhorabuena a los tres por el buen trabajo realizado en la última escena, aunque con ella se demora un poco más que con nosotros, puesto que su recorrido por la filmación termina con la escena del tiro mortal en el corazón. Pasado mañana regresa a España.

Los compañeros se arremolinan a su alrededor. Durante el trimestre que ha estado en Chile ha forjado algunas amistades. Esta noche, el equipo ha organizado una fiesta de despedida en su honor, a la que no voy a asistir. Cuando ha entrado en mi camerino, sugiriendo que me acercara a la despedida e insinuando que sería una buena oportunidad para enterrar el hacha de guerra, he contestado con plena indiferencia que en esa fiesta no se me ha perdido nada, y mucho menos algo que enterrar. Savannah ha permanecido en silencio un rato, como si no supiera muy bien qué decir o hacer mientras yo, ajeno a todo lo que le concierne a ella, escribía mensajes a Julia e ignoraba su presencia.

Aunque directamente mis ojos no se han cruzado con los suyos, por el cristal de mi tocador he comprobado que su labio inferior temblaba incontrolable, y que sus pasos al irse han ido acompañados de un largo suspiro cargado de frustración.

Todo el equipo, tanto los hombres como las mujeres, miran a la «perfecta, atractiva y divertida Savannah Sáez» abrazar a la directora, para luego hacer lo mismo con los compañeros. Su estrecha cintura va acompañada de una falda corta que resalta sus enclenques caderas. Más arriba, un escote prominente en pico que engrandece todavía más la redondez de unos pechos impuestos. Para algunos, su cuerpo destila un atractivo codiciado por las masas. Para mí, cada forma es un problema a voces que pocas personas llegan a deducir.

Del diminuto bolso saca un mechero. Sosteniendo el cigarro entre los dedos, me observa cuando se dirige a la salida llevándose el anaranjado filtro a unos labios cuidadosamente pintados, delineados e hidratados, antes de llegar a la calle. Igual que cuando compartimos esos años de nuestras vidas:

demasiado delgada, con esa característica melena larga, la piel radiante, sus piernas infinitas, una mirada seductora y la llamativa cintura de avispa.

—Estás a tiempo de apuntarte.

Gaspar, el actor que interpreta el papel de Santiago, permanece a mi lado sin moverse. Relajado, observa a los compañeros. La euforia cuando una escena sale bien es tan contagiosa que en cuestión de minutos todo el mundo se exalta en el *set*.

—No puedo, voy muy atrasado con el guion de la siguiente temporada.

—De eso que se encargue el guionista.

—¿También debe encargarse de estudiar mi papel?

No me pasa desapercibida la mueca que hace, generando un momento incómodo entre nosotros. Permanece de pie, impávido. Reacio a ir solo a la fiesta. Él es de esas personas con un humor y carácter tan peculiar, tan complicado de entender, que a poca gente le suele agradar.

—¿Es por tu polola?

Me he pasado los días hablándole de Julia en mis ratos libres: «Julia esto, Julia aquello, a Julia le gusta, Julia diría». Como si mencionar su nombre al menos cien veces formase parte de un sagrado ritual.

—Ya te he dicho que tengo un guion por estudiar.

Estoy seguro de que la mala cara que acaba de poner viene dada por mi cabezonería.

—Terco loco…

Hace un ligero gesto de negación antes de salir detrás de Savannah, bajando la mirada mientras busca en su bolsillo del pantalón la caja de cigarrillos.

Una vez solo, espero en mi camerino a que pase el bullicio, a que la euforia del equipo dé paso a la calma para poder irme a casa sin que nadie más me increpe con la maldita despedida. Cansado, marco el número que ya me sé de memoria en la pantalla y dejo que mis hombros se relajen cuando escucho la tranquila voz de Julia desde el otro lado de la línea. Sin ser consciente, cierro los ojos e imagino las dulces facciones de su rostro, contrastando con el color tan poco común de su cabello, fuerte y con movimiento, que se tambalea con cada movimiento. Me gusta el remolino que tiene en la división que forma la raya de los dos mechones largos que simulan el flequillo, las cejas pobladas y el marrón de sus ojos en el que destacan pequeñas manchas amarillas, sus pómulos marcados y la estrecha mandíbula, aunque definida, que destaca al lado de sus carnosos labios.

Me abstengo de discutir otra vez con la directora cuando entra al camerino sin llamar. Llevo semanas pidiéndole en vano unos días de descanso para poder escaparme a Madrid, pero su afán por continuar con el trabajo, ahora que hemos llegado a este punto álgido, le impide concederme el tan merecido descanso. Nos miramos con intensidad. Yo, sabiendo que ella es la que manda. Ella, admitiendo que la estrella masculina de la telenovela se llama Aitor Montiel en la vida real.

—Necesito esos días.

Insisto de nuevo, yendo directo al grano. En consecuencia levanta el mentón, decidida, creo, a darme otra negativa. Arruga el ceño hasta extremos imposibles, tomando asiento en la butaca que hay bajo uno de los muebles. Las líneas de la frente se desvanecen cuando su expresión se relaja

—Una semana. Cogerá el vuelo con Savannah pasado mañana. —Con afecto, da un par de sonoras palmadas sobre mi hombro—. Es usted un hueso duro de roer.

—No más que usted.

Capítulo 28, Aitor

En varias ocasiones, Gaspar, movido con total seguridad por el alboroto del gentío, me ha llamado. Parece que la fiesta de despedida está siendo un éxito, tanto como para que se presente en casa a las cuatro de la mañana.

Me revuelvo incómodo en la cama, molesto porque haya venido hasta aquí solo para continuar incordiando. Sin intenciones de levantarme, tapo mis orejas con la almohada para mitigar el agudo ruido que emite el timbre. Es la segunda o tercera vez que lo escucho, retumba por el pasillo provocando un eco estridente que se desvanece.

Decidido a poner límites entre lo que es una broma y qué una falta de respeto, me dirijo a la entrada tan solo con un pantalón de chándal puesto.

—Gaspar, más te vale tener un buen motivo con el que justificar que aparezcas aquí a estas horas, porque si no…

Las palabras quedan suspendidas en el aire cuando, al abrir, veo que quien espera tras la puerta es Savannah.

—Hola ¿Puedo pasar?

Apoyado en el marco, la miro sin ser capaz de decir una palabra. Permanece de pie con una expresión pudorosa, como si temiera mi reacción. Ante el mutismo que permanece suspendido entre el espacio que nos separa, toma la iniciativa dando un paso hacia delante.

—No.

Extiendo el brazo de un lado a otro, impidiendo que avance. Ella, en lugar de forcejear, se aferra a mi torso envolviendo mi cuerpo, titubeante.

—Aitor…

Arrastra cada letra con la lengua, extendiendo las sílabas. Por la garganta noto un sabor de amargura causado por su cercanía, pero al mirarla y ver sus ojos enrojecidos, la sensación de desagrado se asemeja más a un golpe seco, que va directo a la boca de mi estómago.

—Desconozco por qué estás aquí, pero venir ha sido un error.

—No quiero problemas.

—Vete —pido sin mostrar un ápice de afecto.

Noto cómo sus delgados brazos me envuelven con más fuerza, resistiéndose a la inminente separación. Cuando los agarro con cuidado para romper el contacto que hacen con mi piel, su llanto se vuelve más fuerte, más desesperado.

Savannah se incorporó a la telenovela hace tres meses. Yo sabía que para aceptar el papel de Flor Soto había tenido que dejar contratos importantes con marcas de lujo; uno de los muchos sueños que persigue desde que la conozco. Aunque su mayor ilusión era hacerse un hueco en el mundo del cine y ganar mucho dinero. Cuando me dejó por Antoine Blanc, se aseguró un lugar en el pequeño universo mediático. Y cuando ha roto con el conocido agente de modelos, su nombre ha hecho todavía más ruido que antes. Por eso no entiendo qué hace aquí, ni por qué aceptó un papel en Latinoamérica si lo que le han ofrecido es un personaje secundario.

Inclinándose hacia delante, saca del bolso un pañuelo de papel que presiona contra sus mejillas con la finalidad de secar la humedad que han ido dejando las lágrimas. Impasible, mantiene los ojos fijos en el suelo, quizá analizando las desacertadas decisiones tomadas en el pasado o pensando en los fallos que le han hecho sentirse desgraciada durante estos años.

—¿La amas?

Su pregunta hace que me pierda, que el sentimiento de confusión crezca.

—¿Acaso te importa? —pregunto.

—Más de lo que me gustaría admitir.

Con tristeza, esboza una sonrisa ausente y es entonces cuando tengo claro que la razón de su visita es saber si voy en serio con Julia. Me inclino para responder cuando un ruido que procede de detrás de los arbustos que adornan la fachada llama mi atención. Me fijo en el movimiento leve de las ramas, que es el suficiente para entender que alguien se cobija entre los matojos. Alguien que sujeta un enorme objetivo de una cámara Canon.

—Demonios, Savannah. ¿Qué es esto, otro de tus juegos?

—Te estás equivocando, yo solo quiero…

Ni siquiera dejo que acabe la frase. Acerco mi boca hasta su mentón y susurro en su oído palabras tan duras que, a pesar de hablar bajo para que el paparazzi no tenga ninguna exclusiva, a Savannah le tiemblan hasta las rodillas.

—No vas a cambiar nunca. Eres tan egoísta que te da igual a quién tengas que pisar si con eso tú ganas. —Esta vez sujeto una de sus muñecas con determinación, instándole a irse por donde ha venido—. ¿Qué querías? Dime, eh. ¿Un escándalo?

—Que no. Si me escucharas entenderías que lo siento.

—¿Y qué sientes? Porque tienes una larga lista de errores en tu camino hasta la fama.

El corazón me late desbocado preso de la rabia.

—Todo. —Como si no tuviera fuerzas, sale hacia el arbusto donde se esconde un hombre escurridizo de al menos cuarenta años. Con el bolso verde lima que lleva colgado del hombro, Savannah asesta un golpe seco en el objetivo, haciendo que este salga por los aires. Le grita al cámara que es un «sinvergüenza», un «mal nacido» y le da una patada en el culo cuando este intenta salir corriendo de entre los matorrales. Vuelve con el cuello estirado, los labios apretados y el mentón alto—. No te voy a molestar más, Aitor. Tan solo necesitaba saber si había alguna oportunidad, por ridícula que esta fuera para nosotros. Pero entiendo que no.

—No, no la hay.

Duda mientras mantengo la misma expresión de desconcierto que hace un momento, luego palpa el bolso e introduce los dedos en el interior.

—Será mejor que te lo quedes tú.

Observo el llavero de plata del que cuelga la mano de Fátima antes de dirigirme a ella.

—¿Lo has tenido todo este tiempo?

Un halo de silencio acompaña su sonrisa ambigua antes de responder, que se curva entre la pena y la tranquilidad impuesta por una paz que antes no tenía.

—Siempre lo llevo.

Acaricia la pequeña mano de plata. Tiene los ojos vidriosos y se nota que realiza un esfuerzo incalculable para contener las lágrimas.

—Oye… —susurro, cansado de tanta ira, del tira y afloja, de revivir un pasado que hace mucho no forma parte de nuestras vidas—. Quédatelo, sé lo importante que es para ti.

Niega con firmeza sin soltarlo.

—No puedo, me recuerda constantemente lo estúpida que he sido. —Hace una pausa antes de continuar—. Aunque no lo creas, te he querido mucho. Más que a mí, incluso, pero el día de la boda… No sé. Pensaba en el momento de dar el «sí quiero» e imaginaba que estábamos en el altar, que me pondrías el anillo y que yo te diría cuánto te quiero. Pero no podía ver más. Era como si las alianzas fuesen esposas que nos anclarían, más pronto que tarde, en una monotonía asfixiante. Muy lejos de los sueños que por aquel entonces tenía.

—No te guardo rencor, Savannah. Ya no. Fuiste cojonudamente egoísta conmigo al mirar solo por ti, y eso también está bien. Pero entiende que el daño está hecho, que me rompiste en pedazos que he ido uniendo durante los siguientes años, sintiendo la soledad en cada poro, en cada vello, en cada vena. Y ahora es Julia quien los mantiene intactos. La quiero, y por eso necesito separar de una vez nuestros caminos. —Empujo los dedos haciendo que su mano tome forma de puño, envolviendo en su propia piel la pequeña figura de plata—. Te perdono.

Levanta su temblorosa barbilla intentando controlar las emociones y nervios que se agolpan en su cuello por salir.

—¿Qué has dicho?

—Que te perdono. —Vuelve a aparecer el silencio entre nosotros, como un tipo de imposición que nos aleja a medida que lo rompemos—. Quién diría que dos sencillas palabras fueran tan difíciles de digerir.

Por un momento, intento sonar desenfadado para quitar hierro al asunto. Su rostro está iluminado por la leve luz que sale del interior de la casa. Con la respiración acelerada, vuelve a abrazarme. Esta vez, el contacto es breve, pero resulta más intenso que el de la primera vez. De algún modo, ambos sabemos que estamos diciéndonos adiós para siempre.

—Es hora de que me vaya.

—Sí. —digo, antes de que comience a andar en dirección opuesta a la casa.

Está a punto de cruzar la acera cuando se gira e intenta que su voz no se quiebre al hablar.

—Te deseo lo mejor. Bueno —rectifica—, a los dos. A Julia también.

Asiento con una sensación extraña; es amarga, pero a la vez… Necesaria.

—Adiós, Savannah.

Capítulo 29, Julia

No puedo quitarme de la cabeza el color ceniciento de su piel, ni la rigidez indiscutible de los músculos tensos, agarrotados. El espeso silencio que ha dado paso tras la confirmación de su muerte. El dolor de papá al besar por última vez la mejilla de su madre, que ya no ocupa el cuerpo presente. El rostro hinchado, que luce con sutileza un tono entre verdoso y amarillento. El cuerpo que yace sin vida de mi abuela Clementina, ahora cuidadosamente vestido, maquillado y colocado, dentro de un ataúd abierto tras la cristalera de una de las salas del tanatorio.

—¿Has conseguido hablar con él?

Olga me abraza, conmovida. Apenas unos meses atrás, todos cenábamos por Navidad llenando los huecos de la mesa en casa de mis padres, con mi abuela. Huecos ocupados por cuerpos que un día dejan de funcionar. Huecos que dan paso a vacíos que, por mucho tiempo que pase, nadie conseguirá llenar.

—Ni siquiera da tono.

Alzo la vista hacia la vitrina. Me cuesta reconocer su cuerpo, ahora tan delgado y angosto, con demasiados kilos menos. La piel cuelga, quedando como un pellejo estirado sobre el acolchado del fondo del ataúd, que se mimetiza con el blanco perlado que corresponde a la tela brillante de seda.

—Puede que continúe en el rodaje. —Marga intenta restar importancia al asunto.

Por primera vez desde que tengo memoria, viste con ropa simplona, común, incluso diría que es de lo más normal. No hay nada de estrafalario en su vestimenta, tan solo un pantalón negro de tiro recto, camisa blanca y calzado plano. Con desagrado, guardo el teléfono en el pequeño bolso de mano, molesta porque llevo desde anoche intentando contactar con Aitor. La primera llamada fue cuando el médico sentenció la hora de la muerte. Luego vino el papeleo: certificado de defunción que presentamos en el Registro Civil, traslado del cuerpo, elegir el ataúd, la lápida, todos los detalles de la ceremonia y aquello que concierne al tanatorio y el entierro. Después de ahogarme entre llamadas y papeles, volví a llamarle. Esa vez tampoco cogió la llamada. Ni lo ha hecho ahora, más de doce horas después.

—¿Sabéis una cosa? Si muero antes que vosotras, encargaros de que la gente a la que quiero no venga a despedirse de mí con ropa de color negro. Y tampoco aviséis a quienes no han estado conmigo en vida. —Miro con disgusto a quienes se llenan la boca con palabras hacia nosotros de consuelo. Me da vergüenza ver la sala llena de desconocidos que llevan años sin hacer una sola llamada a mi abuela—. ¿De qué les sirve venir ahora que está muerta?

La mayoría de los presentes son para nosotras completos anónimos.

—Para que descansen sus conciencias.

—Sí, será eso.

Aprieto su mano en señal de agradecimiento.

—¿Quieres que salgamos? Tomar el aire te vendrá bien.

—Marga tiene razón, así cuando vuelvas a entrar, la mayoría de los que ahora están dando el pésame a tus padres se habrán marchado.

—Está bien.

En la calle nos recibe el aire abrasador que hace en Madrid algunas tardes de verano. Una brisa que resulta tan espesa como cargante, con la que lidiamos la siguiente media hora. Sentadas en uno de los bancos de piedra que hay a la salida del recinto del tanatorio, hablo sin parar de mi abuela. De cómo me lo pasaba de niña con ella en las excursiones que hacían mis padres, de lo benevolente que ha sido desde que tengo uso de razón conmigo, del cariño invertido en una niña de cabellos rojizos que no paraba ni un minuto quieta. Hablo de cómo su enfermedad me la ha ido arrebatando poco a poco. De lo doloroso que es asumir su pérdida antes de que el final llegue, porque sabes que su cuerpo no va a soportar mucho más. Y entonces llega ese momento confuso en el que el corazón quiere que se quede, pero la cabeza sabe que lo mejor es que llegue el día en el que por fin pueda descansar.

Vuelco mi alma en ellas porque necesito desahogarme tanto, como soltar lo que guardo dentro para poder sentirme un poco mejor. Para que la pérdida no sea tan desgarradora.

—¿Cómo se encuentran tus padres? —pregunta Olga, alejándose unos pasos antes de encender un cigarrillo.

—Mi madre mejor que papá. Él intenta hacerse el fuerte, pero por dentro se resquebraja cada vez que mira su cuerpo inerte en el ataúd.

—¿Cuándo es el entierro?

—Mañana —contesto a Marga con voz trémula—, a la una.

—Le diré a Harry que dejamos a Nico con los abuelos y pasamos a por ti.

—Te lo agradezco. Pero voy con mis padres en la marcha del coche fúnebre.

Permanecemos en el banco de piedra unos minutos más, observando cómo las mismas personas que estaban dentro salen del tanatorio con la cabeza gacha, cabizbajos todos; como si su sentimiento de lástima ante la pérdida pudiera compararse con el desgarrador vacío que nos deja a nosotros.

Al rato, entramos en la sala. Mis padres permanecen sentados a un lado, con expresión de pesadumbre. Uno de los primos de mi padre le ha traído una tila de la cafetería que hay a escasos metros de aquí. Da pequeños sorbos sujetando la taza con ambas manos, ajeno al color rojo de sus dedos provocado por el calor de la infusión que traspasa el recipiente de cerámica.

—Lo siento mucho, Paco.

Eusebio, un buen amigo de mi padre, le da el pésame. Después de abrazar a mi madre, coge mis manos con delicadeza y las besa en un gesto de compasión que me enternece.

—Clementina se ha ido en paz gracias a vosotros, Julia. Quédate con eso.

—Gracias, Eusebio.

Las horas pasan agónicas, demasiado lentas. Olga y Marga consiguen convencer a mis padres para que salgan a tomar el aire cuando la sala queda vacía.

Como si pudiera sentirme, toco el cristal de la vitrina que separa el lado de los muertos con el de los vivos y veo, con detenimiento por primera vez, el deterioro de su piel, de su cara y de su cuerpo, que muestran con claridad el paso de los años, la enfermedad, las profundas cuencas de sus ojeras. Son como oscuros agujeros llenos de pena. La piel flácida de lo que eran los pómulos ahora son colgajos ocupando los carrillos, acompañando a unos labios secos, quebradizos y blanquecinos. Algunos cabellos canosos caen sobre su frente, repleta de pequeños surcos producidos por las arrugas. A pesar del maquillaje, pueden apreciarse los tonos verdosos y amarillentos que palidecen en contraste con la piel. Pero lo que más me impacta es la percepción de la muerte en el curso de la vida.

—Julia —Marga me habla desde la puerta, respetando la intimidad del momento—, Olga ha ido con tus padres a la cafetería. Klaus está fuera, no sabe si entrar o esperar.

—Que pase, por favor —pido, consciente de todo lo que nos ha ayudado Klaus—. Para mí es uno más de la familia.

Escucho sus pasos al alejarse. Antes de que venga, permito que varias lágrimas broten sin contención. Cuando va a entrar a la sala, limpio la humedad impostada en mis párpados inferiores dando pequeños toques sobre la piel, con los dedos.

—Ten, te vendrá bien.

Me ofrece un pañuelo.

—Klaus...

—Siento no haber podido ayudaros más. ¿Puedo?

Extiende los brazos al tiempo que suena por los altavoces una canción de Frank Sinatra. Me dejo mecer en ellos, esforzándome por contener las lágrimas. Lleva unos vaqueros oscuros y la camisa es de media manga, gris. Cierro los ojos, relajándome con la respiración de su pecho. Klaus tiene algo, no sé qué es, pero las personas se sienten mejor estando a su lado. Puede que sea esa calma que proyecta o el sentimiento de esperanza que le acompaña allá donde vaya. Sorbo por la nariz al separarnos.

—No digas bobadas, has hecho más que suficiente. —Apoyo la frente sobre el cristal, en silencio—. Sé que es ley de vida, pero duele tanto que ni siquiera sé gestionar mis emociones.

—Lo mejor que se puede hacer en estos casos es buscar apoyo en la gente que nos quiere.

Inconscientemente, saco el teléfono. Ni una llamada de Aitor.

—Ya, gracias por el consejo.

Tecleo con rapidez un mensaje para él antes de apagar el móvil, movida por un enfado que crece con el paso del tiempo: «Estoy en el tanatorio. Llevo intentando hablar contigo desde anoche». Lo guardo de nuevo, esta vez sin esperar nada.

Unas horas más tarde, mis padres se van a casa para intentar descansar. Mañana es el entierro y la noche se presenta dura para todos. Olga se va poco después, tiene que bañar a Nico antes de la cena y Marga sube al coche de Harry porque esta semana trabaja en el primer turno.

—Vamos a por una valeriana, sé que no vas a cenar nada en casa.

Yo también lo sé, por eso entro a la cafetería con él.

—Una valeriana, por favor.

—Póngale también un sándwich de pollo. Y otro para mí.

El hombre que nos sirve es mayor, las manos le tiemblan un poco cuando deja la infusión sobre la barra. Inmersa en el contenido de la taza, doy vueltas con la cuchara mirando las espirales que se forman en el agua.

—Prueba —Klaus me acerca uno de los dos sándwiches—, está bueno.

Muerdo sin muchas ganas.

—Sí que lo está.

—Me recoge mi pareja en unos minutos, ¿quieres que te dejemos en casa?

—¿Tienes novia?

Me sorprende que hasta ahora no lo haya mencionado.

Da otro mordisco antes de contestar y bebe de seguido el refresco que se ha pedido.

—Algo así.

Sonrío por primera vez en lo que va de día. Klaus es de esas personas que se merecen que las quieran mucho y bien.

—No me lo habías dicho.

Remuevo la valeriana.

—¿Sabes una cosa, Julia? Cuanto menos sabe de ti la gente, más sencilla es la vida.

Le doy la razón. Pensativa, echo una mirada hacia el pasado donde puedo ver que, en realidad, mi vida era más sencilla cuando vivía en el anonimato. Y la de Aitor también.

—Sí, pero sencilla no quiere decir feliz. Caminar en línea recta es fácil, pero nadie diría que es más divertido ni emocionante que andar en círculos.

—Eso es cierto.

Me levanto con brusquedad.

—¿Julia?

—Espera aquí.

Me acerco a una de las mesas de la cafetería, en la que una señora disfruta de lo que parece ser un dulce y espumoso capuchino. Inmersa en las páginas de la revista que sostiene entre las manos, no se percata de mi llegada hasta que tiro, acompañando el gesto con una disculpa, del papel.

—¡Oiga! ¿Qué se cree que está haciendo?

—Solo será un momento.

Leo el titular de refilón, porque la señora agarra la revista con carácter y me la arrebata de un tirón. Klaus tiene que sujetarme para que no me caiga hacia atrás por la brusquedad de la sacudida.

—Si quieren una, cómprenla en la barra. ¡Habrase visto!

—¿A qué ha venido eso?

Sin pararme a dar explicaciones, pido al camarero un ejemplar del número de la revista que tiene la mujer. Cuando me la da, pago con billete. No sé de qué, ni siquiera me demoro cogiendo la vuelta. Tan solo me interesa leer el titular de la portada y el resumen del artículo que preside la cubierta.

Exclusiva: Savannah Sáez y Aitor Montiel, pillados

En contra de lo publicado por diversos medios, parece que la relación del actor Aitor Montiel con Savannah Sáez podría retomarse. Las especulaciones ya se hacen notar y muchos afirman que la modelo, *influencer* y ahora actriz, Savannah Sáez, dejó a su marido porque seguía enamorada de su ex. ¿Y es que a quién no le gustaría vivir un romance de telenovela con el rey de las pantallas?

¿En qué lugar deja esto a Julia García? ¿Será que el actor mantiene en secreto una doble vida?

Parpadeo sintiéndome a la deriva, como si cayera en picado. Es una sensación agria, fea e inoportuna.

—¿No creerás que eso es verdad?

—Míralos.

Hay varias fotos. En una de ellas, Savannah y Aitor salen abrazados. Ella con un vestido brillante y corto de fiesta. Él tan solo con un pantalón de chándal.

—Va a estallarme la cabeza. Si no te importa esperar solo, prefiero irme a casa.

—Sabías que sería complicado.

—Sí, lo sabía. Pero no defiendas esto, es demasiado.

Capítulo 30, Julia

El sol ya se esconde cuando salimos del bar, contemplando la oscuridad del cielo en el que apreciamos pequeños destellos que brillan por millones y millones de años. Estrellas que un día se apagan, convirtiéndose en las llamadas «enanas blancas», aquellas que se enfrían hasta volverse invisibles en el espacio. Resulta curioso, que cuando más brillan sea justo antes de desaparecer.

Me fijo en las personas que cruzan la calle, en las que permanecen sentadas en uno de los bancos de piedra y en aquellas que pasean ajenas a mi dolor. Porque La Tierra no se detiene para todos cuando alguien muere ni cuando tu pareja te falla.

—Ponte mi chaqueta, tienes la piel de gallina.

—Gracias, Klaus. Me he quedado fría al salir.

—¿Estarás bien tu sola?

—Tranquilo, por desgracia me he acostumbrado.

Me abraza antes de pasar al otro lado de la calzada. Casi escucho los latidos de su corazón cuando me estrecha entre sus brazos, hundiendo sin querer la nariz en su cuello. Yo no me muevo. Él tampoco. Tan solo nos miramos con los ojos impregnados en lágrimas, compartiendo el mismo dolor por la pérdida de mi abuela. Aunque suene feo, después de todo, al cerrarlos desearía que los brazos que me envuelven fuesen los de Aitor. Pero la estrella madrileña parece tener mejores planes en Latinoamérica.

—¿Qué crees que haces? —Unas grandes manos tiran de Klaus—. Es a esto a lo que te has dedicado desde que me he ido a Latinoamérica, ¿verdad?

—Aitor, ¡para!

De la puerta de la cafetería salen un par de señores debido a las voces. Sin hacer caso, Aitor coge a Klaus de la pechera y levanta su cuerpo hasta que sus pies dejan de tocar el suelo.

—Te estás equivocando. —Murmura, agarrando los puños de Aitor, consiguiendo que este cese en su cometido—. ¿De verdad piensas que he ayudado a su abuela solo para tener algún tipo de acercamiento con Julia?

La confusión de Aitor es latente. Se debate como un niño pequeño entre el acercamiento que ha visto y lo que dicta la razón.

—¿Pretendes tomarme por idiota?

No levanta la voz. Se limita a susurrar cada palabra sin quitar la vista de Klaus, manteniendo el ceño fruncido y los labios apretados.

—¿Y tú? —Me interpongo entre los dos—. ¿Qué tienes que decir de esto?

Pongo la portada de la revista frente a su cara, tan cerca que rozo la punta de su nariz.

—Falacias.

—¿Sí? Estás en España y ni siquiera me lo dices. Me entero por un maldito papel de que te has estado viendo con Savannah. ¿Y ahora vienes aquí a montar este alboroto porque Klaus me ha dado un abrazo?

—La prensa hace lo que sea por sacar una exclusiva. —Justifica, soltándole—. Si no te he contado que venía ha sido para darte una sorpresa.

—Seguro.

—Sí. Pensé que estarías en casa. Te he llamado al leer el mensaje, pero tu teléfono está apagado.

Un coche deportivo de gama VZ se detiene al lado de la acera en la que estamos. Lo conduce un chico rubio con ondas en el cabello, que pita al ver a Klaus. A nosotros nos saluda con una sonrisa afable, acompañada de un ligero alzamiento de cabeza con el que se le mueven varios mechones.

—¿Ese es tu…?

Alargo la vocal en mi búsqueda por un término que no ofenda a nadie.

—Pareja —aclara Klaus por mí.

—Eso, tu pareja.

—Exacto. Se llama Oliver y no me gustaría hacerle esperar.

—Klaus.

La voz de Aitor es de arrepentimiento.

—Perdóname, aquí el único idiota que hay soy yo.

—En eso tengo que darte la razón —responde, guiñándole un ojo antes de subir al coche, bajar la ventanilla y dirigirse a mí—. Julia. Te prometo que llegaré a tiempo al entierro.

—¿De qué entierro habla?

El coche en el que ha subido Klaus cada vez se ve más pequeño a medida que se alejan, hasta que desaparece al tomar una calle hacia la izquierda.

—Aitor, mi abuela murió anoche.

Nos sentamos en el banco de piedra. La oscuridad se cierne sobre nosotros cuando la luna es tapada por una nube blanquecina que reluce en contraste con el cielo azul.

—¿Clemen? Creía que estaba mejorando. Me dijiste que un día te reconoció.

Entiendo su desconcierto. La última vez que hablamos por teléfono le conté que mi abuela había tenido un momento de lucidez. Lo que no le dije, por miedo a que la verdad de mis palabras tomase fuerza reafirmando la realidad, es que se estaba consumiendo. Tampoco que, en ocasiones, la recta final tiene algún agujero por el que se cuelan pequeñas luces en forma de recuerdos, energía y una falsa mejora de salud a los ojos de quienes lo vemos.

—Te llamé.

—Lo siento mucho. Quería que mi llegada a España fuera una sorpresa, por eso estuve horas sin línea. Cuando he leído el mensaje pensé que había pasado algo, pero no imaginé que fuera Clemen.

Lágrimas saladas se deslizan por mis labios cuando hundo mi cuerpo en sus brazos. Con la cabeza en su cuello, intento que mi respiración se serene.

—¿Por qué no me lo dijiste?

Tiro la revista a la papelera que hay a escasos pasos de donde estamos sentados.

—No sabía que vendría, se presentó sin decírselo a nadie. Al principio creía que era Gaspar, porque esa noche tenía llamadas perdidas suyas.

—Y caíste en su telaraña.

Río con amargura.

—No hicimos nada, Julia. Ni siquiera llegó a entrar.

—El titular y las fotos no dicen lo mismo.

—Porque lo tergiversan todo. Es verdad que vino con la esperanza de encontrar, por pequeña que fuera, una oportunidad. Pero le dije que no había ninguna. Ninguna.

—¿Y luego?

—Luego me pidió perdón, me contó por qué me dejó tirado el día de nuestra boda y yo le dije que aunque fue egoísta mirar solo por ella, eso también está bien. Pero que el daño está hecho desde que me rompió en pedazos. Pedazos que solo tú mantienes intactos.

—Júramelo.

Le beso con cierta brusquedad antes de que pueda responder. Después le miro exigiendo lealtad, sinceridad y compromiso.

—Te lo juro. Ahora regresemos a nuestra casa. —Hace una llamada sin separarse de mí, sin soltarme, llenándome de amor y consuelo.

En cinco minutos pasa un coche a recogernos.

El taxi nos deja justo en la puerta. El silencio al entrar hasta el dormitorio me relaja, comparado con el constante murmullo que ha inundado todo el día la sala del tanatorio. Dejo en la mesilla de noche el bolso. Sentada en la cama, me quito un zapato y luego el otro. Ambos caen al suelo sin orden, al igual que la ropa que llevo. Me pongo una de mis camisetas de manga corta viejas y me sumerjo entre las finas sábanas, haciendo un hueco a Aitor y pensando que no hay nada en este mundo que pueda desear más que ver a mi abuela, o en despertar y descubrir que esto es un mal sueño, que Clemen no descansa en un ataúd sino sobre el plácido colchón de su habitación en casa de mamá y papá, que la veré meciéndose en la hamaca con la muñeca de trapo que Klaus mandó hacer para ella. «Pequeña Jul, la próxima vez mira antes de lanzar una piedra al aire», decía con una sonrisa en el camino de vuelta cuando le hice sin querer una brecha. Como si intuyera el sentimiento de culpa que me carcomía por dentro, a pesar de no haberlo hecho queriendo.

Aitor me acompaña sin decir nada, tumbado conmigo mientras recreo en la cabeza el ondulado y siempre bien peinado cabello de Clemen. Visualizo el color de su piel, un tono uniforme y sano que nada tiene que ver con el amarillento y verdoso matiz que predomina ahora, tras su muerte. Su vestido, del color de los girasoles. La coquetería y desparpajo que ha demostrado a pesar de la edad, incluso de la enfermedad, orgullosa de todo lo que tenía por insignificante que fuese. Una persona que se ha querido tanto como se ha hecho querer. Y humilde.

El silencio nos acompaña un rato, hasta que mis párpados ceden al cansancio con Aitor rodeando mi cuerpo, pegando su piel a la mía. Deja caer unos dedos sobre mi espalda, moviéndolos en círculos mientras amasa con ambas palmas las contracturas, agarrotadas entre los músculos por la tensión acumulada. La tela que cubre mi almohada está humedecida por centenares de lágrimas que han ido cayendo desapercibidas, escondidas por la oscuridad del dormitorio. Casi una hora más tarde, justo antes de caer rendida al sueño, suelto un profundo suspiro de desesperación.

Capítulo 31, Aitor

A las puertas del cementerio aguardan los familiares y amigos más allegados de Clemen. Julia y yo nos unimos a ellos después de aparcar la moto tras el coche fúnebre, en la previa marcha que se ha iniciado desde el tanatorio. Durante el trayecto, he pensado con detenimiento en lo triste que es la vida cuando alguien se desvanece, cuando el corazón de un ser querido se detiene dejando de latir, en la ausencia que deja. Un vacío abrasador que saca, junto con los demonios más ocultos, cada una de nuestras entrañas. Consolidando con firmeza la escasa duración de nuestra historia. Del tiempo. De cómo los años pasan a un ritmo vertiginoso sin darnos cuenta.

Una melodía lúgubre acompaña el paso de los hombres que portan el ataúd con cuidado y respeto, encabezando la fila. Caminan con los pies hacia delante y el cuello ligeramente inclinado hacia abajo, reverentes ellos, entre los que se encuentran Klaus, Antonio y su amigo Eusebio. El resto, avanzamos por la gruesa puerta de forja atravesando tumbas con flores, jarrones de cerámica y fotos en blanco y negro de algún difunto, hasta llegar a un profundo y sombrío hoyo. En el momento en que nos detenemos, las manos de Julia se vuelven temblorosas. Marga y Olga salen de la multitud al vernos, después de sortear a varias personas para poder avanzar hasta nosotros.

—Gracias por venir.

Julia se deja mecer entre gestos de cariño y consuelo.

—Ya sé que te lo dijimos ayer, pero lamentamos mucho su pérdida.

Marga se echa a un lado, haciendo sitio a Olga.

—Estamos aquí para lo que necesites.

Apenas cinco minutos después, veo a Esperanza acercarse con premura. La beso en la frente antes de que se lleve a Julia con su padre, dejando que mis labios rocen su piel por unos segundos, reticente a separarme de ella en un momento como este. Pero el rostro de su madre no da pie a interrupciones, a «peros» ni a demoras innecesarias.

—Cariño —solloza, llevándola consigo—, es la hora. Luego puedes volver con ellos.

Antes de avanzar más, Julia se gira hacia nosotros con los ojos inundados, los dedos trémulos y un evidente temblor en el mentón que apenas consigue disimular.

Cuando colocan la pesada lápida sobre la tumba de Clemen, en la que yace ahora tras bajar el ataúd con la ayuda de una polea, ni siquiera se escucha a la gente respirar. Todos aguardan con las manos juntas sobre el regazo, la cabeza inclinada y el rostro afligido, incluidos Marga, Olga y yo. Permanecemos así durante uno o dos minutos, en un gesto de respeto hacia la difunta señora Clementina, que descansa bajo una lápida gris de granito, a la que le acompaña una chapa del mismo material en la que han grabado la fecha de nacimiento y la de su muerte, su nombre junto al apellido que aceptó orgullosa al casarse con su marido Emilio y una frase de cariño que Julia, Antonio y Esperanza han elegido.

El sol empieza a hacerse notar de manera considerable. Algunas señoras se abanican con disimulo cuando las gotas de sudor comienzan a rodar por sus frentes, brillantes estas debido a la fatiga. Antonio ha dedicado unas palabras a su madre, conmoviendo a cada uno de los presentes. Al terminar, esas gotas de sudor han pasado a un segundo plano, siendo sustituidas por arrugados pañuelos, alguna que otra persona con hipo y los lloros generales que han dado el punto final a lo que es el entierro. Julia, sin separarse de su padre al igual que hace Espe, sorbe por la nariz intentando mantener la compostura mientras los presentes dan el pésame, formando una ordenada fila antes de dirigirse a la salida. Olga y Marga se colocan las últimas conmigo, para poder quedarse un poco más. Klaus está ahora con ella. Me tranquiliza que en este momento tan difícil cuente con el apoyo de personas que la quieren.

—Antonio, Espe —murmuro cuando llega mi turno—. Mi más sentido pésame.

—Gracias por venir, Aitor.

El padre de Julia estrecha mi mano, agradecido por recibir mi apoyo en este duro momento.

—Sí, creíamos que seguías en Latinoamérica. —Espe saca otro pañuelo del pequeño bolso—. Significa mucho que estés aquí, sobre todo para Julia. Ahora es cuando más te necesita.

—Mis padres me han pedido que os dé el pésame de su parte. Sienten no haber podido venir, pero mi madre tenía a la una cita en el hospital, para hacerse la resonancia.

—Tranquilo. Lo importante es su salud.

Me acerco hasta Julia después de que Marga y Olga se despidan. A su lado, la carga del duelo no se diluye, pero sí deja de ser tan espesa, dando paso a una más liviana. Beso su frente atrayéndola hasta mi pecho. Bajo el chal negro de seda, esconde una blusa de un vívido color amarillo.

—Al final te lo has puesto.

Orgulloso de sus principios y de que la opinión del resto del mundo no le importe, tiro de la fina y oscura tela dejando al descubierto el brillante color. Reluce en comparación con las oscuras prendas que hemos elegido Antonio, Espe y yo.

—El amarillo era nuestro color. Lo escogía siempre que jugaba al parchís, excepto cuando yo me apuntaba a la partida. Entonces me pasaba el cubo y las fichas ambarinas a mí.

—Es cierto —Antonio, agarrado al brazo de Espe, camina con unas profundas ojeras enmarcando su rostro—, era el que más le gustaba. —Mira la lápida de su madre antes de irse—. Si queréis venir a casa esta noche, habrá coliflor al horno con bechamel.

—Claro, papá.

Salen del cementerio dejándonos solos.

Me mantengo todo lo que puedo al margen, para no alterar la intimidad de la que Julia goza ahora. Leal a su corazón, se acerca con tiento hasta donde se encuentra enterrada Clemen. Gladiolos, azucenas, lirios y claveles, rodean la superficie cenicienta de la lápida. Se sienta después de coger aire con sumo cuidado en el extremo de la esquina inferior izquierda de la tumba. Y abre, afectada, la cremallera de su mochila.

—La muerte forma parte de la vida. Siento, abuela, un dolor muy intenso, pero no quiero evitarlo, rehuir ni obviar que tu marcha me hace daño. ¿Sabes por qué? —Traga saliva—. Porque es lo que nos mueve, lo que nos hace apreciar cómo de volátil puede ser el tiempo y comprender que la capacidad de amar es más importante que todo lo demás.

Dejo que mi palma repose sobre su hombro cuando se limpia la humedad que ahora hay en sus mejillas. Callada, acaricia con los dedos los pétalos del pequeño girasol que ha traído envuelto en una hoja de papel de periódico. Las raíces cuelgan al final del tallo hasta que las entierra al lado del borde de la lápida, colocando sobre ellas una generosa cantidad de tierra. Me impresiona que una persona tenga tanta sensibilidad, que consiga ver más que la primera capa, que no solo sea consciente de los pequeños detalles sino también de aquellos que la mayoría no logramos ver. Como ha demostrado poniéndose la prenda amarilla. O con los girasoles, icónicos porque aparecían en el estampado del vestido que llevaba de pequeña; verde, con lunares y volantes. O como ahora, que canta en susurros la canción que le gustaba a su abuela, de Concha Piquer:

Ojos verdes
Verdes como la albahaca
Verdes como el trigo verde
Y el verde, el verde limón

...

Antes de levantarse, hurga de nuevo en la mochila. Esta vez es un marco de plata lo que saca, pequeño, que coloca con afecto encima de la lápida, entre las flores. Se trata de la foto en la que sale Julia de niña con el vestido de volantes, girasoles y lunares. En la imagen, su abuela tenía veintidós años menos, una tez más tersa y brillante, el cabello bastante colorido y un rostro pletórico, henchido. Sentada en su regazo, Julia miraba a Clementina con total adoración, luciendo ya por aquel entonces unos curiosos mechones de color cobre.

—Ahora eres un cometa, abuela. Un cuerpo celeste de rocas, partículas de hielo y polvo que brilla en el cielo cuando en La Tierra se apagan las llamas, las farolas y los focos. Te quiero.

Besa la fotografía antes de que un grito ahogado la obligue a ponerse de rodillas, movida por el desolador vacío impostado dentro de su corazón. Rompiéndose por dentro.

—Estoy aquí, estoy aquí.

Me echo al suelo junto a ella, sentado de cuclillas. Las lágrimas, los gemidos, los gritos desgarradores que no puede contener más tiempo brotan de forma exacerbada, desgañitando su fino cuello, sus cuerdas vocales, su garganta. Permanezco en posición protectora con los brazos envolviendo su cuerpo hasta que ese pico de dolor cesa, varios minutos después, a pesar de la oquedad que mantiene dentro. Haciendo un esfuerzo titánico para conseguir levantarse, para recomponerse, para articular palabra.

—Prométeme que tú no te irás. Que estarás a mi lado hasta que seamos tan mayores que el sueño nos dé la paz que se siente al descansar.

Nadie debería prometer eso, porque resulta imposible saber si mañana seguiremos aquí. Pero es lo que Julia necesita en este momento. Lo que su corazón reclama. Una necesidad tangible para calmar un poco el dolor de la reciente pérdida. Por eso miro al cielo antes de hablar, cogiendo sus manos con firmeza.

—Nunca, ¿me oyes? Siempre estaré contigo.

De algún modo, llevo la verdad en mis palabras. Nadie muere si en el recuerdo de otra persona permanece vivo.

Julia y Aitor

La teoría de los cometas - Años después

Capítulo 32, Julia

Tuve la sensación de que esa decisión marcaría un antes y un después en nuestra relación. Aunque de haber habido algo seguro, habría sido que tras mi paso por la clínica se cernería sobre nosotros una brecha inmensa, tan grande y pesada como una losa. Pero no fue así. Lo que elegí ese día cambió nuestras vidas desde el momento en el que esperaba, tumbada en la camilla del hospital, cubierta por una sábana blanca. Iba decidida a abortar, a pesar de que Aitor deseaba con toda su alma convertirse en papá. Los métodos anticonceptivos orales pueden fallar si no se usan de manera adecuada, como cuando los mezclé con varias copas de alcohol en nuestro once aniversario. Habíamos recorrido en moto la ruta 66, alejándonos por unos días de todo menos de nosotros, días en los que decidimos que tacharíamos otras de las cosas pendientes que había en nuestra lista: desconectar del mundo apagando la televisión, el teléfono y el ordenador, y que Aitor cumpliría su sueño de ser padre. Aunque eso no lo supimos hasta más tarde.

Si tuviera que definir lo que supuso ese viaje, diría que fue una aventura desde que llegamos hasta que nos marchamos. Un retroceso en el tiempo que nos permitió conocer lo más característico de ese país, de su gente, de sus paisajes y de su forma de vida. Me enteré del embarazo cuando el retraso de la menstruación se tornó inminente. Incluso creí tener ovarios poliquísticos por los fuertes pinchazos que sentía en el abdomen. Así que me reí cuando Klaus sugirió que sería buena idea ir a la farmacia a por un predictor. Era tal la ausencia de vena maternal, que la simple idea de que mi cuerpo crease una vida que no quería me provocaba risa. Carcajadas nerviosas decía él.

«Embarazada 3+» fue el resultado.

No se lo dije a Aitor hasta pasados unos días. Llegar a un acuerdo no era una opción. Tenía claro que la única persona que decidiría sobre mi cuerpo sería yo, y por eso discutimos durante las siguientes semanas. Me negaba a hacerme una ecografía por miedo a que sus ganas de ejercer la paternidad se acrecentasen y temí que, después del aborto, algo pudiera resquebrajarse entre nosotros. Una noche discutimos tanto que terminó yéndose a la calle con la moto, eran las dos de la mañana. Regresó una hora después, más sosegado, pero continuamos sin hablarnos. Cuando le dije que tenía cita dentro de nueve días en la clínica para abortar, pude ver el dolor en su rostro. Le pedí que no me acompañase, haciéndole entender que mi decisión era tan firme y sólida como la losa que imaginé que nos acompañaría después. Pero no pude. Antes de la interrupción del embarazo, los profesionales insistieron en que tenían que realizar una ecografía transvaginal y otra de Doppler. Fue ahí cuando escuché su corazón, un diminuto punto brillante que parpadeaba en el ecógrafo a un ritmo vertiginoso. Y entendí que no era capaz de hacerlo. Lloré dejándome arrastrar por la emoción, llamé a Aitor por teléfono y le dije que me había enamorado perdidamente de la personita de nueve semanas y tres días que crecía en mi interior, a la que llamamos Halley, como el gigante cometa que en un promedio de setenta y cinco años orbita con fulgor alrededor del Sol, famoso por su aparición en 1986.

—Halley Montiel García, ven aquí ahora mismo.

—No quiero.

Corre por la sala de espera del hospital. Lleva el cabello rojizo recogido en dos coletas altas que se mueven con ella, de un lado al otro, sujetas con gomas de colores.

—¿Qué tiempo tiene? —pregunta una señora de tez pálida, muy delgada, con un pañuelo beige en la cabeza.

—Va a hacer tres años.

—Qué maravilla, parece más mayor.

Halley sonríe a la mujer desde lo alto de una de las sillas de plástico que conservan todos los hospitales. Tiene los ojos como los míos, con pintitas que resaltan en el color del iris. Y las mismas facciones que su padre, la misma nariz, sus labios.

—Es igual de escurridiza que una lagartija.

Reprimimos las ganas de reír por respeto a los enfermos que esperan su turno en la sala. El tiempo en este lugar parece que se ralentiza, volviéndose más pesado, cargante y espeso. Por eso prefiero que Halley venga conmigo. Me hace olvidar dónde estoy y a qué vengo. Aunque a veces no contribuya en mi búsqueda por encontrar ese ansiado estado de sosiego, acelerada ella y siempre activa, con una energía arrolladora.

Cuando me llama una mujer que asoma desde la puerta, cojo a Halley de la mano y caminamos hasta la consulta. En los últimos meses, he perdido mucho peso por problemas de salud que me han hecho aceptar la imagen que ahora proyecto. Me diagnosticaron cáncer gástrico con metástasis abdominal, fue hace meses, pero aún me cuesta creerlo. Como si asimilar la enfermedad se hubiera convertido en una mancha sobre el papel de un mapa, de una carretera, de un camino con un destino alterado por el azar. Porque no es fácil aceptar que por dentro sufro una enfermedad grave.

Esta vez la cita es para una revisión, a diferencia de la semana que viene en la que tendré que prepararme mental y físicamente para la intervención. Desde que me dieron el diagnóstico, entendí que por nada del mundo quería dejar de vivir. Deseo poder hacer aquello que me apasiona, a pesar de las circunstancias, aprender a caminar con el cáncer de la mano y que el día a día de mis seres queridos no se altere. Sé que es duro, difícil y que mi esperanza de vida se desvanece a un ritmo que asusta. Pero también sé que hay una posibilidad, por minúscula que sea, de que todo salga bien.

—¿Cómo se encuentra, Julia?

Tomo asiento, contenta al ver cómo sonríe Halley cuando ve la piruleta redonda que el hombre le ofrece. Sobre mi regazo, observa maravillada las espirales infinitas que se enrollan sobre sí mismas, hipnóticas.

—He estado mejor.

Realiza una mueca.

—Empezaremos con la quimioterapia tras la intervención.

El hombre lo dice con tiento, conocedor de lo cansada que estoy de venir al hospital. Pero el cáncer es una lucha a fondo desde el momento en que se detecta. Antes del diagnóstico definitivo, tuve que ser vista varias veces por mi médico de cabecera y tardé casi un año en conseguir una gastroscopia porque, por aquel entonces, los síntomas que sufría parecían normales. Aún no había manifiesto de signos o señales determinantes. Cuando me dieron los resultados, con la mala noticia encabezando una enorme pila de papeles, fue duro. Me sentí incrédula. Ansiosa al pensar cómo llega una persona a su casa un día cualquiera y le dice a su pareja y a su hija que tiene cáncer gástrico con metástasis abdominal.

Después del diagnóstico intenté permanecer serena, aunque de los nervios estuviera sudando y con mareos. Además de todas las dolencias anteriores que ya arrastraba conmigo. Me temblaba el cuerpo entero mientras subía las escaleras de camino a la planta de oncología, donde tuvieron que atenderme de inmediato. Tuve un ataque de ansiedad tan grande que sentí de golpe cómo la vida me abofeteaba, incapacitándome para gestionar el miedo. Un miedo que continúa conmigo desde entonces, como las manchas de tinta sobre una tela blanca.

Fueron Klaus y su ahora marido Oliver quienes vinieron a recogerme al hospital. Quienes me consolaron durante horas. Quienes me ayudaron, buscando una forma con la que me sintiera cómoda, tranquila y segura para dar la noticia a Aitor, a nuestra hija Halley, a mis amigas y a mis padres.

—Tengo miedo —confieso al hombre.

Me aferro a mi hija, como si estar cerca de ella pudiera salvarme.

—Todos lo tenemos, hasta que descubrimos que nuestra fuerza es capaz de mover el mundo.

Capítulo 33, Julia

Han pasado meses desde la intervención. Cada día me esfuerzo por entender que la aceptación es parte del proceso, y que tener un dispositivo implantado bajo la piel del tórax es positivo; un avance que disminuye algunos de los síntomas que ocasiona el tratamiento cuando se administra por una vía venosa periférica. Sin ropa, subo a la báscula que tenemos en casa. Parece que mi peso se ha mantenido durante unos días para luego descender, igual de rápido que un esqueleto cediendo al vacío.

—Calma, hija. Dijeron que esto podía ocurrir durante el nuevo ciclo.

Mi madre me ayuda a vestirme. Papá y ella vienen a menudo desde que comencé con el primer tratamiento. No les he contado que a veces me cuesta reconocer mi reflejo en el espejo, ni que las náuseas o los vómitos contribuyen a mi pérdida de apetito, a la que acompaña un cansancio extremo que apenas me permite coger a Halley en brazos; y eso lo llevo mal. Me limita demasiado.

—También dijeron que no se me caería todo el cabello. —Deslizo una mano por el cuero cabelludo, para mostrar cómo se desprenden los mechones—. Hay más en el suelo que en mi cabeza.

Traga saliva, girando levemente el mentón hacia mi posición.

—Os he traído la cena, merluza al horno con patatas.

Estira la parte baja de un camisón amplio que uso desde la intervención para estar en casa, porque es liviano.

—No hacía falta, mamá.

—Claro que sí, necesitas descansar.

Por una vez estoy de acuerdo con ella.

Desde la ventana, veo a mi padre jugando con Halley. Corre dando pasos cortos y firmes por el patio, sin acercarse a la piscina. Aunque ya sabe nadar, tiene prohibido acercarse si no hay un adulto dentro del agua. Mira con su sonrisa pícara, divertida porque cree que es más rápida que el abuelo y le lanzo un beso desde la ventana.

—¿Os apetece ir con Halley a los columpios? Lleva días sin salir.

—Ya sabes que tu padre y yo no queremos dejarte sola.

Usa un tono tajante.

Yo también.

—Ni yo que me miréis con lástima y lo hacéis continuamente.

Da unos pasos para quedar de frente ante la evidente delgadez que me acompaña. Y roza con una caricia mi mejilla.

—Cuando llegue Aitor. Mientras túmbate, te vendrá bien.

Obedezco. Apenas queda media hora para que regrese del trabajo. Consiguió otro papel principal, esta vez en una serie histórica. Fue justo antes del parto de Halley. La filmación desarrolla la vida de los españoles en el Madrid convulso previo a la Guerra Civil. Para formar parte del nuevo proyecto, antes tuvo que declinar varias ofertas de trabajo en el extranjero. «Quiero vivir todas sus primeras veces», respondió tajante a una productora cuando esta le dijo que no entendía cómo dejaba escapar una oportunidad así. «Hay cosas que el dinero no puede comprar», añadió sin amilanarse, dando por concluida la conversación. Ariadna Abbey trabaja codo a codo con él, aunque su personaje no requirió que se incorporase hasta un año después del comienzo del rodaje. De vez en cuando, se acerca a vernos a mí y a la niña. Rafael, el dominicano que compartía hace años piso con Aitor, también forma parte del equipo. Pero solo porque Úrsula recurre de vez en cuando a sus privilegios como directora ejecutiva. Continúa tan holgazán como lo recordaba.

Echada en la cama, noto que los mechones se amontonan sobre las sábanas cada vez que me muevo. E imagino cómo cada cabello se desprende de un debilitado folículo piloso. La caída es tan evidente que una paciente me recomendó usar durante la quimioterapia el gorro de enfriamiento que se ajusta en la cabeza junto a un líquido helado, para aminorar el flujo sanguíneo. Lo pensé. A decir verdad, di varias vueltas al asunto hasta que descubrí, por una de las trabajadoras de la planta de oncología, que quienes recurren a la hipotermia presentan un pequeño riesgo de que el cáncer aparezca más tarde en esa zona, por no recibir la misma dosis de quimio. Como bien dijo la enfermera: es preferible matar al cáncer que conservar una melena.

—Vamos con la niña al parque —escucho que dice mi madre a Aitor cuando entra en casa.

—¿Cómo está?

No necesito estar con ellos para saber que Espe se quiebra ante la pregunta, y Aitor con ella. Ya se encarga el silencio de gritar lo que las palabras no manifiestan. Entonces oigo la voz de Halley, lejana, desvaneciéndose. Una puerta cerrarse. Pasos acercándose. Y una luz que se cuela levemente por el dormitorio, hasta que el reflejo se detiene al final de la cama. Casi desvanecida, enrollada en mi propio cuerpo creando una barrera con los brazos, permanezco tumbada de lado. Sujeto las rodillas con ambas manos sin poder retirar la vista de los mechones cobrizos que han caído sobre el colchón. Forma parte del proceso, pero no por eso emocionalmente afecta menos. La gente que dice «es solo pelo», no entiende nada. Claro que hay personas a las que no les afecta, pero a otras sí. Y no solo porque estéticamente perdamos una parte de nuestra identidad, sino porque ver la nueva imagen que proyectamos es el vivo reflejo de una enfermedad que nos consume, por desgracia en demasiados casos, hasta la muerte.

Aitor ni siquiera se cambia cuando sube. Con la ropa de esta mañana, se echa sobre las finas sábanas para envolverme con su cuerpo. Hunde la nariz en mi espalda con suma delicadeza, al igual que cuando roza con las yemas de los dedos la piel de mi brazo, de mi hombro, de mi cuello. Inhala el aroma que desprendo, como si de esa forma pudiera memorizar las notas que componen mi esencia. Su respiración profunda y lenta me calma. Resulta curioso que las náuseas parezcan más leves si lo siento cerca, cuando ni siquiera las medicinas consiguen paliarlo.

—¿Puedes traerme un vaso de agua?

Se incorpora cuando le hablo. Noto sus ojos clavados en mi espalda; concretamente en el relieve que la columna va dejando a lo largo de su paso, hasta llegar a la rabadilla. Los mechones rojos están por toda la cama. Losarrojo con desagrado al suelo, pero me arrepiento y vuelvo a cogerlos. A unirlos como si de esa manera pudiera volver a introducir uno a uno en su folículo y lucir así, otra vez, la sana y voluminosa melena que me pertenecía antes de todo esto. No como la de ahora: lacia, pobre, seca.

—Claro.

Al separarse noto un escalofrío. Estoy tan débil desde que empezamos otro nuevo ciclo que necesito agarrarme a la mesilla para incorporarme, pero caigo dolorosamente de rodillas contra el suelo. Parece que no puede haber un equilibrio armónico con esta enfermedad. Por eso tengo que ir saltando entre días malos y mediocres. No quedan más opciones. Con las palmas sobre la superficie del mueble, recuerdo con ansia cómo eran mis días antes de que llegara la enfermedad y me da lástima comprobar cómo el cáncer se acomoda en mi cuerpo sin esfuerzo. Una enfermedad punzante que refleja la derrota en mi rostro. Un lastre impostado que me ha quitado los viajes al santuario de elefantes, porque este año mi salud no me permitirá viajar a Tailandia para visitar a Jane. Una especie de tradición que se había arraigado a nuestras rutinas imprescindibles anuales. Así, como regalarle un libro nuevo a Aitor en cada uno de nuestros viajes, que yo le compraba en esos pequeños puestos ambulantes que frecuentan las calles costeras al caer la tarde. Ni donar sangre, otra de las cosas que habíamos decidido empezar a hacer juntos, concienciados de la importancia que un gesto tan sencillo tiene para otras personas. También me he tenido que olvidar de los pícnics que hacíamos en verano desde el nacimiento de Halley, en la cascada del Embalse del Pradillo, en la del Hornillo, en la Chorrera de Mojonavalle. O los días de sol, en los que ahora debo cobijarme por mis alteraciones en el tejido epitelial.

Las pisadas suenan lejanas. No lo medito mucho cuando me dirijo al baño arrastrando los pies, movida por alguna clase de impulso que me genera la naciente necesidad de verme. Pero en la imagen que proyecta el espejo del servicio, no me encuentro. Tan solo aprecio un rostro frío, endurecido por lacios mechones sin brillo, sin densidad, repartidos en corros que dejan a la vista la piel del cuero cabelludo. El cansancio enmarcando el rostro, la tez pálida y varias úlceras alrededor de la boca. Es entonces cuando me hago la pregunta: «¿Dónde estás, Julia?

Sin hacer ruido, abro el segundo cajón. Ese en el que Aitor guarda en el interior de un neceser azul cobalto la maquinilla de afeitar, la del cabello, la cuchilla y unas tijeras de acero inoxidable con una punta afilada. Sin titubear, cojo las últimas. Corto mechones a ras sin importarme mi aspecto, volcando la rabia en cada tijeretazo nuevo, dejando que mi cabello se deslice tambaleante hasta el suelo. Con fijeza, me observo. Imagina que tienes que poner un espantapájaros para que las aves no se coman los frutos de los árboles. Pues bien, ahora yo soy el espantapájaros, ataviado con un camisón amplio, fino y desgastado, el cabello hecho girones y el rostro demacrado. Y los frutos… El ramillete de frutos es mi cuerpo; cada vez más mustio, imberbe, picoteado por los punzantes picos del cáncer.

—Julia. ¿Estás bien? —Aitor llama a la puerta—. Te he traído agua.

—Sí, déjalo en la mesilla.

Me esfuerzo porque mi voz suene afable.

—¿Es el estómago otra vez?

Las palabras están cargadas de preocupación. A pesar de la inquietud que le provoca ver cómo mi salud disminuye con el paso del tiempo, es el único capaz de dejar un espacio prudente entre la enfermedad y mi persona. El único que no me mira con lástima. El hombre que me ha enseñado que es más fácil convivir con el miedo que temerle.

—No. Ve a hacer ejercicio si quieres.

—Prefiero quedarme contigo. ¿Te traigo las pastillas para las náuseas?

Silencio.

Me apoyo en el marco de la puerta, inhalo aire y abro con determinación. Sus ojos se ensanchan por la sorpresa, asemejándose a dos platos redondos. La inseguridad emocional me vuelve vulnerable, haciéndome pequeña al percibir la realidad de la imagen que proyecto. Suelto las tijeras de golpe, haciendo que caigan al suelo. Se mellan por el impacto, pero yo ni siquiera me muevo. Permanezco inmóvil buscándome en el espejo, intentando encontrar resquicios de la mujer que era antes: radiante, entusiasta, divertida.

Tumbándome en posición fetal sobre el frío suelo, me balanceo como hacía en la cama: con las piernas juntas, las rodillas altas, pegadas en el pecho con una expresión gélida. Deseando ser invisible para dejar de transmitir a quienes me rodean la gravedad de la enfermedad. La vulnerabilidad latente que grita al mundo que soy una persona enferma.

—Ya está, ya está... —Los brazos de Aitor me acunan—. Estoy contigo, Julia. No estás sola.

Sé que llora en silencio cuando una de sus lágrimas cae sobre mi rostro.

—Lo siento. Veía el cabello en el colchón, en la ropa, en el suelo… No lo soportaba.

El llanto me consuela, deja que una parte de mi dolor escape transformado en brillantes y saladas lágrimas que brotan de unos ojos tan tristes como opacos. Y permanecemos en el suelo unos minutos, hasta que mi respiración se torna sosegada. Con las mejillas humedecidas, me apoyo en él para levantarme. Y permanecemos quietos frente al espejo.

—¿Puedes acabarlo? Al cero, por favor.

Le doy la maquinilla cuando asiente, besando mi cabeza. Sin separarse ni un momento, con su cuerpo pegado a mi espalda, pasa el peine de la máquina por mi cuero cabelludo. Todo se unifica, se difumina, se iguala. Hay un poco de armonía entre tanta discordancia, y eso me calma. Con un pompón de púas blancas, retira los cabellos que se han ido pegando durante el corte en mi piel.

—Estás preciosa.

Me aferro a su cuerpo sin concebir lo que me está pasando. Cuando mis ojos buscan los suyos, compruebo que lo dice de verdad, que no le importa mi aspecto. Para él siempre seré una mujer hermosa; la Julia de la que se enamoró hace más de una década en la ciudad cosmopolita.

Nos miramos desde la imagen que el espejo refleja. Antes de que pueda agradecerle todo lo que está haciendo por mí, coge la maquinilla y se la pasa, al igual que ha hecho conmigo, al cero por su cabeza.

Capítulo 34, Julia

Soy la viva imagen de la enfermedad. La recta final ha llegado con el sexto ciclo y las toxinas de mi cuerpo hacen que ni siquiera se me acerquen los mosquitos. Después del peor año de mi vida, de las citas médicas, de las pruebas, consultas y analíticas, parece que ya no habrá en mi cuerpo lugar para la calma. El resultado del TAC llegó casi un mes después de comenzar el ensayo clínico, con malas noticias para alguien que ama tanto la vida. Golpes inesperados que nos recuerdan lo frágiles que somos y la facilidad que tenemos de rompernos. Porque las malas noticias siempre serán eso, malas noticias. «Los resultados no son favorables», dijo el médico de oncología.

—¿Qué podemos hacer?

—Debe descansar. Julia necesita mentalizarse, entender que la situación es delicada.

Aitor estaba cada vez más inquieto, no dejaba de mover la pierna aunque intentaba serenarse, pero el dolor de su pecho lo percibimos todos. Y una parte de él murió ese día. Descubrir que mi final está cerca es una carga desde entonces. Enfrentarse a la muerte resulta todavía más complicado que convivir con ella; supone descubrir la volatilidad del tiempo, lo efímero que puede ser un momento y enfrentarse a la despedida de todo lo que conocemos. Es valorar de la noche a la mañana la sencillez: *El olor de la lluvia. Un café al despertar. Abrir la ventana. Cepillarse el cabello. Pasear. Memorizar conversaciones, rostros y hoyuelos. Tumbarse en el sofá. Caminar descalza. Ver una película. Un beso en la frente. Los pequeños pies de Halley corriendo por la hierba. Las gotas de agua en la ducha. Mamá y papá en el salón. Las rosquillas al horno. Los coloridos girasoles de la tumba de Clemen. El verde de las hojas. Leer un libro. El aroma de un ramo de flores. La respiración de Aitor mientras duerme. El tacto de su piel. El canto de los pájaros. La risa. Estar en calma...*

Supone echar de menos las noches estrelladas en el jardín de las Vistillas, los largos paseos, montar en moto o escapar de la ciudad cosmopolita.

—Mamá, mira.

Halley muestra un trébol de cuatro hojas que ha encontrado en los jardines que rodean el hospital. Me ingresaron hace dos semanas y Aitor se turna junto con Klaus, Marga y mis padres para no dejarme sola. El equipo de oncología busca constantemente la forma de aliviar los síntomas de la enfermedad sin éxito. Y yo cada día echo más en falta mi anterior vida, aquella en la que era una mujer con vitalidad, salud e independencia. Aquella que disfrutaba con el trabajo. Aquella que una vez a la semana elegía una película clásica para proyectar en la pantalla del jardín durante las noches cálidas. La que se permitía pasar un día entero en casa con el pijama abrazada a Halley, jugando con la muñeca de trapo de Clementina y leyendo cuentos de aventuras con cartulinas, recortes y curiosas texturas. Echo en falta ser aquella que encontraba calma cada noche en el manto de los brazos más cómodos que el mundo ha creado. La que hacía reír constantemente a Aitor, porque así era como me sentía con él, a todas horas. Aquella mujer sin miedo que nunca se quedaba inmóvil.

—Un trébol de cuatro hojas —murmuro en un suspiro apenas audible.

Intento que mis palabras suenen con entusiasmo, pero me encuentro tan débil que ni siquiera logro incorporarme de una cama en la que los cables y las máquinas se encuentran por cada rincón recóndito.

—Papá dice que da suerte.

—Claro que sí. —Hago una pausa para coger aire antes de continuar—. Papá está en lo cierto, los que tienen cuatro hojas dan buena suerte.

Aitor nos observa conmovido desde la puerta, con las manos dentro de los bolsillos del pantalón. Halley estira el brazo y se coloca de puntillas logrando dejar la planta sobre el colchón.

—Para ti, mami. Así ya no estarás malita.

—Hija… Acércate. —Acaricio su cabello—. Dime una cosa, ¿recuerdas que los secretos se guardan para siempre con llave en el corazón?

—Sí. No se dicen.

—Eso es. —Bajo la voz hasta convertirla en un susurro—. Te quiero mucho. Tanto que, aunque un día no me veas, tienes que recordar que seguiré estando contigo.

Sus ojos se vuelven vidriosos y junta los labios formando un puchero.

—Yo no quiero que te vayas.

Su barbilla tiembla al contener el llanto.

—Y no me iré, ¿quieres saber por qué? —Intento agacharme hasta ella cuando asiente cabizbaja—. Porque cuando mi cuerpo sea polvo, cuando mi voz ya no te duerma en las noches ni te levante con besos por la mañana, cuando mi presencia abandone el hogar al que llamamos casa, me convertiré en una preciosa mariposa de alas blancas. Y entonces, te prometo que vendré a verte. Justo antes de alzar el vuelo.

—¿A dónde volarás, mami?

—Al cielo, Halley. Desde donde os querré y cuidaré cada día.

—Pero —lleva pensativa un dedo hasta su boca—, en el cielo no hay mariposas.

—Lo sé. Por eso, cuando llegue a las estrellas, mi alma brillará en forma de cometa.

Por la noche no consigo ir al baño caminando. Mis padres tienen que llamar a dos auxiliares para que me ayuden, pero deciden que la mejor opción es colocar una cuña. En el hospital no duermo. Ni siquiera recuerdo cuándo fue la última vez que conseguí conciliar el sueño. Echo de menos mi cama y no oír pasos por el pasillo ni el chirriar de las camillas. El silencio. El calor de casa. Las náuseas, los dolores y la pesadez son más difíciles entre estas baldosas blancas que inundan cada una de las plantas, habitaciones y salas.

—Necesito papel y boli.

Papá besa mi cabeza con compasión. En cambio, mamá frunce el ceño.

—Julia, lo que necesitas es descansar.

—Necesito papel y boli —insisto.

Es Antonio quien sale de la habitación para pedir al personal que encuentra por el pasillo lo que he pedido. No sé de dónde logro sacar fuerzas cuando me lo trae, pero aprieto los botones del mando para que el respaldo de la camilla se incorpore, logrando apoyarme en la mesilla para escribir.

Cuando termino, les doy el papel a mis padres indicándoles dónde está el recipiente de cristal en el que he guardado lo que quiero enterrar. Se trata de la cápsula del tiempo que quiero dejar a Halley y Aitor.

—Por favor, no lo leáis.

—Nunca lo haríamos, cariño.

Mi padre guarda el papel con delicadeza.

—¿Recordaréis dónde lo tenéis que enterrar?

—Confía en nosotros.

Me giro con la certeza de que este ha sido el peor año de mi vida, pero también con la convicción de lo afortunada que soy hasta que mis párpados pesan. Se caen poco a poco, silenciosos. Y cuando vuelvo a abrir los ojos, la luz del sol se cuela por las rendijas de la persiana. Cientos de macetas con cerezos en flor artificiales llenan de color la estancia.

Aitor entra en ese momento con nuestra hija en brazos.

—Sé que no es lo que esperabas cuando dijiste que querías ver los cerezos en flor, pero…

Le interrumpo, llevándome las manos a la cara.

—Son preciosos.

Coloca a Halley a mi lado, en la cama. Se acurruca en mis brazos con cuidado de no hacerme daño y acaricia mis mejillas.

—Me gusta tu pañuelo.

—¿Sí? Me lo regaló papá cuando empecé el tercer ciclo.

—Tiene mariposas. Es bonito.

Permanecemos por unos segundos en un significativo silencio, abrazadas.

Me prometí ser color, por muy mal que fueran las cosas. Por Halley, por Aitor, por mí. Por todas las personas a las que quiero. Por eso siempre llevo un alegre pañuelo en la cabeza y pendientes largos, hechos de materiales livianos, que cuelgan de mis orejas proyectando infinidad de colores.

Aitor se sienta en el filo del colchón. Cuando se vuelve hacia nosotras, compruebo que está nervioso.

—He conseguido con ayuda de Klaus la hospitalización a domicilio.

Cada una de sus palabras suenan en mis oídos como los sosegados acordes de un piano.

—Entonces, ¿ya puedo volver a casa?

Halley sonríe al escucharnos. En sus ojos veo cómo la felicidad está invadiendo sus pupilas.

—Sí. Tenemos que esperar al médico paliativo para prepararlo todo, pero entre hoy y mañana estaremos de nuevo en nuestro hogar, juntos los tres.

Por un instante, me siento libre del aura oscura que envuelve a la enfermedad.

—No sé qué decir.

Palidezco, más si cabe, cuando me pide matrimonio.

—Di que sí —De rodillas, extiende una caja azul de la que saca un anillo con una mariposa entrelazando los extremos—, y me harás el hombre más feliz del mundo.

—Sí. —Las lágrimas brotan por la dicha—. Claro que sí.

Aún no lo sé, pero esta es la última vez que voy a llorar de felicidad hasta vaciarme, hasta liberar mi alma.

Capítulo 35, Julia

Resulta difícil. Cuando estás más cerca de la muerte que de la vida, descubres que para algunas personas te conviertes en una carga pesada. Pero no son malas, solo se alejan de manera innata porque es la única forma que conocen para protegerse del dolor. Para evadirse de una realidad cada vez más cercana.

Mi madre vino a visitarme hace unos días. Desde que la miré a los ojos sentí con crudeza que era una despedida. Que sus fuerzas no le permitirían regresar otra vez para ver cómo muere su única hija. Mi padre se acercó más tarde para rogarme que la perdonase, que no odiase a Espe por alejarse. Me contó que mi madre lleva meses con pastillas para la depresión y que, esa semana, su psicólogo había aumentado la dosis. Que lloraba todo el día. Que no comía. Que terminaría enfermando si seguía así. Y es que, a veces, resulta necesario alejarnos de las personas a las que amamos. Antonio, en cambio, ha continuado viniendo. Lo hace casi a diario, aunque por dentro lleva el corazón retorcido en llanto.

Hoy estoy más decaída de lo que acostumbro. A lo mejor porque noto que la vida se me escapa. O que ya no tengo ningún tipo de control sobre mi cuerpo. Desde que Aitor consiguió la hospitalización a domicilio, he ido en decadencia hasta volverme una persona dependiente. Vivo con una vía como la que pusieron a mi abuela cuando ya no comía: alimentación parenteral. Y aunque Aitor me humedece los labios agrietados con frecuencia, usando gasas mojadas previamente en agua, la sequedad pastosa de la boca resulta incómoda. A los pañales tampoco me acostumbro, pero es mejor que notar el pis y las heces, esparcidas por mi cuerpo cuando la cuña se llena o se mueve. Me gusta cerrar los ojos porque todo se vuelve negro. A menudo pienso en el pañuelo de seda blanco y los pendientes de perlas que me puse el día que nos casamos. No fue una boda oficial, más bien un paripé familiar en el que, desde los cables y máquinas que me rodean, conseguimos un poco de ilusión, de luz y de calma. Ese día me sentía tan enérgica que hasta conseguí ponerme un sencillo vestido blanco con ayuda de Olga y Marga. De la cintura a los pies, la tela estaba formada por un conjunto de livianas capas de gasa. Ariadna entró antes de que me llevaran al porche en la camilla. Trajo una hermosa peluca de color cobre tan real, tan fiel a la preciosa melena que antes tenía, que tuve que hacer un gran esfuerzo para no llorar. Me lo merecía. Merecía, aunque solo fuera por un momento verme bien, poner color a mi pálida tez, echarme unas gotas de perfume y colorear mis labios con un lápiz en tono pastel.

Mi cuerpo no aguantó más de unos minutos escasos. Pero tuvimos el tiempo justo para dar el «sí quiero» frente a Rafael, que interpretaba el papel de párroco con una gracia inaudita. Lo justo para que Klaus sacara una foto con Aitor cogiendo mi mano, de pie, mostrando el vestido de novia. Lo justo para que nuestra hija trajera los anillos, lanzando pétalos amarillos alrededor de nosotros. Lo justo para memorizar sus sonrisas: la de Halley y la de Aitor, grabándolas en mi mente como el tesoro más preciado.

Cansada, me ayudaron a desvestirme. Volví a meterme en el camisón amplio al que me había acostumbrado, así como a ver mi vientre hinchado, a la ausencia de cabello, a los vómitos y las náuseas, a las uñas quebradizas que se rasgan hacia la cutícula. Volví a la camilla del dormitorio convertida en un espectro, pero estaba feliz. Feliz como cuando plantamos un tulipán en el patio. Feliz como en esa noche de eclipse lunar en la que Aitor llegó a casa, cargado con un enorme telescopio con el que pasé varios minutos observando las estrellas, inmersa en la oscuridad que se cernía sobre el cielo. Aitor y Halley, son los únicos capaces de hacer que la enfermedad, a veces, pierda la batalla regalándonos pequeñas banderas blancas.

—¿Mami?

La voz de Halley me parece lejana. Aunque tengo los ojos abiertos, es como si el cuerpo y la mente no tuvieran concordancia. No puedo hablar, pero noto que la saliva aún pasa por mi garganta. Tampoco puedo moverme, pero siento cómo Aitor busca con desesperación mi pulso en la muñeca y el cuello.

—Está en bradicardia.

Creo que es Klaus el que habla.

La marcha es confusa, un trance distorsionado que me hace sentir perdida y, a la vez, en calma. Porque cuando ya no puedes levantarte, cuando ni siquiera eres capaz de limpiar tus heces, cuando dependes del resto del mundo para sobrevivir, para mantener una integridad o la higiene, cuando quieres y no puedes, cuando dejas de ser tú, entiendes que la ausencia de calidad de vida te hace desear desaparecer. Es complicado dejar lo que te pertenece. Mucho. Te aferras a los recuerdos, a las vivencias, a los viajes. Clavas las uñas en un recorrido que se ha ido creando con el paso de los años. Pero ahora solo puedo pensar en las olas del mar, en el aire dándome en la cara subida a la moto, en el olor de Halley cuando se duerme en mi pecho o en el dulce aroma que esconde Aitor en su cuello. Rescato de mi memoria el día que lo conocí, las escapadas en familia a las que iba de pequeña con mi abuela Clementina, mi primer trabajo con la señora Herrero, la muñeca de trapo, el viaje a Tailandia, el cosquilleo provocado por los nervios cuando subes por primera vez a un avión, veo a Jane en el santuario, y aquel puntito brillante que lucía en el ecógrafo. Desde el segundo uno, supe que Halley sería una parte importantísima de nuestras vidas. Y entonces los reconozco frente a mí, a Aitor y Halley: a los dos amores de mi vida. Y sé que ellos también me ven a mí. Me ven en sus recuerdos, en la esencia que les dejo. En las noches en las que los tres hemos compartido la camilla del hospital, y la de casa, con largas conversaciones que me ayudaban a canalizar las abrumadoras sensaciones que me angustiaban, hasta que me rendía al sueño.

Una vez le dije a Aitor que no quería vivir así, cuando los dos ya sabíamos que ya no iba a mejorar. Aun así, me miró horrorizado por unos segundos. «Te entiendo, pero no renunciaré jamás a ti. Si hay una posibilidad, por mínima que sea, tienes que intentarlo», es lo que respondió. «Estoy cansada de falsas esperanzas», murmuré triste porque ya no me levantaba risueña ni encontraba fuerzas para enfrentarme a la enfermedad. Porque había dejado de verme en el espejo, reacia a afrontar el aspecto demacrado de mi rostro o mi cuerpo. Abatida porque ya no había cabida para saltar de ilusión en ilusión. Porque se me acababa el tiempo; y la vida.

Continúo viéndolos. Aitor, Halley. Halley, Aitor. Siento cada terminación nerviosa desvaneciéndose, las cosquillas en la piel, la presión del cuerpo vaciándose. Mi alma marchándose. Aún permanezco en sus brazos y una parte de mí quiere volver, pero la otra decide que ya ha llegado el momento. La hora de volar tan alto como sea posible.

Vuela

Mujer de partículas de hielo, polvo y rocas, con alas de mariposa

Última hora: Fallece Julia García, la mujer del actor Aitor Montiel.

La joven madrileña ha muerto hace unas horas en la misma casa en la que vivía con su hija de tres años y su marido, quien, desde un comunicado a través de las redes, ha solicitado respeto para la familia, amigos y allegados. «Está siendo muy duro; un golpe difícil de encajar, demasiados trámites y vacíos complicados a los que nos tenemos que enfrentar. Mis suegros han perdido a su única hija. Halley se ha quedado sin madre con tan solo tres años. Y yo he perdido a mi compañera de vida». Son malos momentos para quienes la querían. Una trágica pérdida tras la intensa lucha con el cáncer gástrico con metástasis abdominal, que finalmente ha ganado la batalla.

Julia García
Fuiste, eres y serás
el cometa más brillante.
D.E.P

Capítulo 36, Aitor

Julia no quería que su cuerpo y su rostro, ambos consumidos, se vieran en el tanatorio. Fueron tantas las conversaciones que tuvimos antes de su marcha que no habría podido descansar de no cumplir sus últimos deseos. Por eso, en lugar de su cuerpo, los que vinieron a despedirla se encontraron con una imagen que Somchai inmortalizó en Tailandia. En ella, salimos con Jane y Halley en el santuario de elefantes, justo antes de que la enfermedad creara un sibilino hueco por el que logró llegar a ella, quebrándola hasta consumir por completo su salud. Sentía que se lo debía. Era mi obligación moral cumplir con aquello que decidiera. Así como vestir de amarillo en los actos fúnebres, donde recibí el apoyo de muchas personas. Antonio, Espe y Halley. Klaus y su marido. Ariadna Abbey, Rafael y Úrsula. La señora Herrero. Sus amigas, Olga y Marga. Mis padres. Todos decidimos rendirle homenaje con los vívidos colores que nos vistieron desde la entrada en el tanatorio hasta la recogida de las cenizas en el crematorio. Incluso las flores eran de colores. Entre ellas había, como en el entierro de su abuela Clementina, girasoles enormes que sobresalían por encima de la mayoría de las plantas, creando una estampa singular que a Julia le habría maravillado. Confieso que tuve que ausentarme un momento, preso de la desolación que su muerte me había dejado. Pero no podía llorar, no allí. Le había prometido que haría todo lo posible porque nuestra hija sufriera lo menos posible con su marcha. Por eso la vestí con el pomposo vestido amarillo. Me pareció el más bonito del mundo, porque su madre lo había elegido cuando aún gozaba de algo de salud. Peiné su cabello recogiéndolo en dos coletas, ambas con lazos brillantes que acompañaban las gomas elásticas. Y unos zapatos planos a los que Julia llamaba «bailarinas». No iba a llorar delante de Halley. Había conseguido con alentadoras palabras, fruto de la teoría de los cometas de su madre, que la pequeña de tres años entendiese la muerte como un trance. Como una separación temporal en la que mamá llevaría su alma hasta una bonita mariposa de alas blancas, para volar muy alto, hasta ser polvo; un cuerpo celeste con el que algún día nos volveríamos a encontrar.

En una de esas largas conversaciones, Julia mencionó que tenía curiosidad por las urnas degradables. La idea de que sus cenizas quedasen atrapadas en un botijo de arcilla o la de que fueran esparcidas en cualquier sitio no le convencía. Ella, que percibía la vida como un proceso natural transformador, quería elegir algo que sirviera para hacer del mundo un lugar mejor; algo como plantar un árbol. Por eso se decidió por una urna ecológica, en la que Halley y yo colocamos, en el jardín de casa, la semilla de un roble.

Ni en siete vidas encontraré las palabras adecuadas para expresar lo que supuso su marcha. Pero en el fondo, muy en el fondo, una parte de mí se alegraba cuando notaba cómo su pulso descendía, hasta ser imperceptible. La sostuve en mis brazos hasta el último aliento, hasta que su cuerpo quedó frío con los músculos endurecidos. Primero fueron los párpados y la barbilla, luego el cuello, después las piernas y los brazos. Su piel olía a azufre, pero nada de eso importaba. Había visto cómo toda ella, su cuerpo, su mente y sus ganas de vivir se consumían. Cómo agonizaba intentando aguantar los mareos, las náuseas, la fiebre, los dolores de estómago, los efectos de la quimio y de las pastillas. Había visto su mirada cada vez que no se encontraba frente al espejo. Y percibí, con la misma claridad, un aura de paz justo antes de que su vida se apagara, tumbada en la cama de nuestro dormitorio. En aquella habitación que decoró con entusiasmo antes de mudarnos. Aquella en la que miles de noches habíamos dormido abrazados. Aquella en la que nos quedábamos, perezosos, cuando la salida del sol nos separaba para empezar cada uno su trabajo. Aquella en la que a diario nos decíamos lo mucho que nos amábamos. En la que las risas retumbaban en esas paredes que nosotros mismos habíamos pintado.

Acunándola, la estreché contra mi pecho. Intentaba devolverle el calor que la falta de circulación le estaba generando, como si de esa forma pudiera arreglar algo. Unir mis propios pedazos. Halley entró poco después, ignorando los consejos de Klaus para que no lo hiciera. Aun así, abrió la puerta. Mi pequeña pelirroja siempre ha tenido el coraje de su madre. Con lágrimas en los ojos, tocó la cara de Julia. La cogí a ella también en brazos, con la única condición de que no mirase a mamá.

Me habría cambiado por ella sin dudarlo. Si fuera posible, habría absorbido su enfermedad con la misma capacidad que una esponja retiene el agua. No me habría importado morir en su lugar. Porque cuando amas tanto a alguien, da menos miedo desaparecer que la pérdida. Y estoy seguro de que me habría sido mucho más fácil morir, que vivir sin ella. Pero no estaba en mi mano. Así que solo podía resignarme, ofrecerle mi amor hasta su último aliento.

—Es mejor que no la veas así, Halley.

En ningún momento rechistó. Tan solo acariciaba el rostro de su madre con los ojos anegados en lágrimas, haciendo pucheros que nacían en el temblor de su mamola, mientras buscaba atisbos de la fragancia que en vida desprendía Julia. Porque el olor de mamá es único. Es un vínculo tan fuerte que ni siquiera la muerte puede romper. Es sentir calma y seguridad. Un refugio que algunas personas tenemos la suerte de llamar hogar. Por eso, cuando su corazón dejó de latir, supe que se había ido siendo una mujer feliz. Por fin en paz. Al igual que tuve la certeza de que a mí me costaría un mundo continuar, pero tenía que hacerlo. Por ella. Por Halley. Por todos nuestros planes futuros y por los sueños.

EPÍLOGO

Halley acaba de cumplir cinco años. Siguiendo las indicaciones del abuelo Antonio, hemos desenterrado una cápsula del tiempo. Es de Julia. Dentro de un bote grande de cristal, cerrado con una tapa a rosca de color plata, se encuentra un sobre de textura rugosa. Al lado, unidos por una goma elástica, observamos montones de recortes recopilados a lo largo de nuestra relación. En las imágenes se nos ve felices. Resulta inevitable sonreír al recordar aquellos tiempos en los que ocupamos día y noche las portadas de las revistas, las noticias de última hora y las exclusivas.

Que solo haya guardado los artículos bonitos, los que fueron fieles a la realidad sin mezclar nuestra vida privada con el sensacionalismo, me gusta. Pero no me sorprende. Ella era así, de esas personas especiales que sabían dejar a un lado lo malo para centrarse en lo bueno, ingeniándoselas a menudo para encontrar lo positivo en el problema más remoto.

Pasamos la siguiente media hora sentados en uno de los bancos de madera del parque de El Retiro, viendo con detenimiento cada una de las imágenes que aparecen en los recortes. A Halley le gusta ver a Julia en fotos. Sobre todo, en aquellas en las que estaba con ella cuando era un bebé.

Ella casi siempre mecía a Halley en sus brazos hasta que se quedaba profundamente dormida, con la oreja apoyada en su pecho. Le calmaba escuchar el latido del corazón y la suavidad de la piel de su madre, pero sobre todo su olor.

Saco lo que parece un papel grueso envuelto en un lazo suave y retiro la tela con cuidado. Es una fotografía de ellas en la playa. Halley apenas había hecho un año cuando fuimos a Mallorca. Y ya, a tan temprana edad, nuestra niña era una apasionada del mar; de sus olas, de los peces, de la fauna marina y del agua. Le gustaba lo mismo la playa que ir al río, a una piscina o a un pantano en el que las ranas saltaran. Detrás de la imagen impresa, reconozco su delicada y cuidada caligrafía: *Para Halley, mi heroína de ojos preciosos y repletos de pintitas. Feliz cumpleaños. Te quiere, mamá.*

—Cógelo, Halley. Mamá ha dejado esto para ti.

Leo el mensaje en alto antes de dárselo y la abrazo cuando hunde su pequeña cabeza en el regazo.

—Papá, no quiero que se rompa —balbucea emocionada—. Lo guardo aquí.

—Muy bien, hija.

Para mi sorpresa, mete ella misma la imagen en el recipiente de vidrio antes de irse a corretear por los jardines que rodean el Palacio de Cristal. Y se va feliz. Contenta por haber disfrutado de este pequeño acercamiento con mamá.

Cuando se aleja, abro el sobre rugoso en el que pone mi nombre. Con un ojo en el papel y otro en mi hija, que se cuela entre los arbustos como si fuera Campanilla en el bosque, compruebo que me tiemblan las manos. Y que antes de comenzar a leer, una lágrima se desliza por mi mejilla.

Para Aitor Montiel, mi amor cosmopolita

¿Sabes? No me gustan los hospitales. Si antes me resultaban frívolos, imagina después de haber descubierto lo que supone estar rodeada de cables, de baldosas que reflejan constantemente la luz de los flexos, de los ruidos en el pasillo y del pesado olor a antiséptico. Pero ya no importa, me alzaste en su día cuando toqué fondo y con el cáncer has vuelto a hacerlo. Has demostrado que existen amores que van más allá, que resisten en lo bueno y en lo malo, pero también en lo peor. Por eso quiero que sepas algo: cada vez que me mirabas a los ojos, la enfermedad se alejaba por un instante. Conseguía volver a la calidez de nuestra casa, a los despertares a tu lado, a Halley respirando plácidamente sobre mi pecho, al trabajo, a la vida, a los viajes, a los besos y a tus brazos. Nadie, en siete vidas, me podría haber hecho más feliz que vosotros.

Di a mis padres que los quiero, y pídeles que den a Halley el mismo amor que me han dado a mí. Tú cuida de Jane y del santuario, de Malee y Somchai, como me prometiste. Apóyate en Olga, en Rafael, en tus padres, en Harry, en Ari, en Úrsula y en Marga. Son personas maravillosas. A esta última, dale el pendrive que he dejado en la cápsula, contiene el diseño que he hecho de una página web con tienda online. Es sorpresa, Marga solo necesita un empujón para atreverse a crear su propia línea de cosmética. Además, la señora Herrero y Ari, me han asegurado que la ayudarían en el tema de la publicidad cuando yo ya no estuviera, si tú se lo hicieras llegar. Así que dáselo, Aitor. Dale ese pequeño, pero grande empujón.

En cuanto a nuestra preciosa y brillante Halley, tan solo recuérdale que siempre será lo mejor de nuestras vidas. Aunque seguro que ya lo haces. Estoy convencida. Te imagino llenando sus días de música y color, aunque a ti te envuelva un vacío asfixiante que te roba el aire. Yo lo siento mientras escribo esto, pero te prometo que un día desaparecerá. Lograrás echarme de menos sin que te duela.

Para cuando te sientas sin fuerzas, piensa en lo dichoso que eres por poder verla crecer. Recuérdalo también en los días grises, donde la idea de tirar la toalla se vuelva tentadora. Eres muy afortunado, Aitor. De verdad que lo eres.

Por cierto, ¿recuerdas la lista que hicimos? Sácala. Sé que continúa en tu cartera y que has ido tachando cada una de las cosas que escribimos. Te descubrí cuando Halley trajo el trébol de cuatro hojas al hospital. Estoy segura de que, a estas alturas, te las has ingeniado para solo dejar una. Tú sabes cuál. Sé fiel a ti mismo. ¡Porque el mundo necesita que abras la escuela de artes escénicas! Resulta extraño que lo sepa, ¿verdad? Tú no me dijiste qué era aquello que de verdad querías hacer. Claro que, yo tampoco pregunté. A lo mejor lo sé porque veía el brillo de tus ojos cuando te apuntaste a la academia de interpretación. O puede que sea por cómo te emocionaste cuando uno de tus compañeros de clase consiguió, por primera vez tras varios años de fallidos intentos, un papel que no era de figurante. Si aún no lo has hecho, hazlo, ¿de acuerdo? Haz aquello que te haga feliz, sin miedo. Y no olvides que sigo aquí. Con Halley. Contigo. Porque tú eres el hombre que me enseñó a vivir, y yo soy la mujer de partículas de hielo, polvo y rocas con alas de mariposa, la de la teoría de los cometas. Tan loca, que se va al cielo dejando en la Tierra a sus dos estrellas.

Gracias, Aitor. Por enseñarme a vivir siete vidas, por encontrarme en la ciudad más cosmopolita, por ser tan buen compañero de vida, mejor padre y por colarte hasta lo más profundo de mi corazón. Te quiero.

Firmado: Julia, y la teoría de los cometas.

Mis labios se curvan hacia arriba. Si alguien me ha llegado a conocer, ha sido ella. Y tiene razón en todo. Los últimos meses he pensado mucho qué hacer. Me he alejado de la prensa, de los focos, de las multitudes. He buscado la forma de proteger a Halley de los medios de comunicación, para no privarla de su intimidad el día que sea mayor. Y he pensado en la escuela demasiadas veces, pero siempre hay algo que me hace echarme para atrás.

—Papi, ven. ¡Corre!

Guardo meticulosamente el papel en mi cartera. La lista de la que habla en la carta continúa aquí, intacta:

~~*Volver al santuario (Julia). Recorrer en moto la ruta 66 (Aitor). Clases de kizomba (Julia). Desconectar del mundo apagando la televisión, el teléfono y el ordenador (Aitor). Pasear por los cerezos en flor (Julia). Un picnic (Aitor). Observar las estrellas desde un telescopio (Julia). Ser papá (Aitor). Voluntariado en África (Julia). Leer un libro (Aitor). Casarme (Julia). Donar sangre (Aitor). Ver una*~~

Me dirijo hasta los arbustos.

Sus ojos brillan mucho, tanto que me cuesta saber si está feliz o si ha llorado. Pero pronto entiendo que es fruto de la emoción. Con su diminuto dedo índice, señala el hombro. Parpadeo al comprobar que, una mariposa blanca, campa a sus anchas sobre uno de los volantes de la camisa de Halley. Como si supiera que la niña no va a hacerle nada.

En silencio, admiramos el color de sus alas, las pintitas que tiene alrededor, tan parecidas a las que había en los ojos de Julia como las que ahora pertenecen al iris de Halley.

La mariposa permanece inmóvil unos segundos más, para después aletear hasta posarse en mi corazón. En este momento, Halley se abraza a mi pierna, tan consternada como yo. Con cuidado de no hacer movimientos bruscos, envío un mensaje al dueño del local en el que me gustaría comenzar a dar las clases. Luego, saco del bolso de mi pantalón la cartera, para coger el arrugado papel en el que se encuentra la lista. Con el boli en la mano, miro las alas blancas de la mariposa, los lunares y… Lo tacho justo en el momento en que la mariposa alza el vuelo.

Halley salta, grita y aplaude. «¡Vuela, mamá, vuela!», repite incesante mientras paso simultáneamente mis ojos del vuelo de la mariposa al pequeño trozo de papel. «Vas a ser el cometa más brillante del mundo», continúa con una risa mucho más que contagiosa, presa de la euforia.

—Voy a hacerlo —murmuro. No sé si para Halley, para Julia, para la mariposa o para mí mismo.

Porque la única certeza que tengo es que voy a hacer lo posible por vivir con mi hija sin miedo, yendo a por todo lo que nos haga feliz. Como Julia habría hecho.

~~*Hacer lo que realmente quiero*~~

AGRADECIMIENTOS

Me gustaría poder dar las gracias a todas las lectoras y lectores que, un día, decidieron confiar en lo que había hecho. A mi familia, por ayudarme a sacar tiempo de debajo de las piedras, para que pueda escribir. A mi correctora, Raquel Rueda, por apoyarme de nuevo en otro de mis proyectos. Y por convertirse en una más de mis amigas del mundo de las letras. A todas las personas que me acompañan en el día a día, que me escuchan y animan cuando mis fuerzas flojean. A Denver, mi pequeño cometa, por llenarme de amor. Un amor que me ha servido para plasmar, en cada una de las líneas de este libro, lo que siente cada personaje.

Una vez, alguien me preguntó si era posible escribir romántica sin sentir amor. Confieso que no tengo la respuesta a eso, pues desconozco lo que es vivir sin ese maravilloso sentimiento.

www.ingramcontent.com/pod-product-compliance
Lightning Source LLC
Chambersburg PA
CBHW031250160726
47993CB00001B/99